安平港

潘壘　著

總序

無擾為靜，單純最美

宋政坤

記得三十年前大二那年暑假，我一個人待在陽明山，窩在學校附近的宿舍裏——避暑、看書、打球，日子過得好不愜意。那時候我瘋狂的迷上讀小說，其中最喜歡且印象最深刻的就是潘壘寫的《魔鬼樹——孽子三部曲》、《靜靜的紅河》（以上皆聯經出版）。那年暑假我糾結在潘壘筆下小說人物的內心世界裏，山與海彷彿都充滿著熱與火，劇情結構好像電影，有鏡頭、有風景，愛恨糾纏，直叫人熱血澎湃。那是我年輕時代裏最美好的一個暑假，此後就再也沒有過。總覺得那年暑假帶走我少年時最後一個夏季！那段山上讀書無憂無慮的日子，在我記憶裏總是如此深刻。

之後幾年，我一直很納悶，像潘壘這樣一位優秀的小說家，怎麼會突然就銷聲匿跡似的，再也不見蹤影？難道他已經江郎才盡？或者他早已「棄文從影」？又或者是重返故鄉，至此消逝於天涯？我抱持這樣的疑惑，直到真正遇見他本人。

那是十年前（二〇〇四年）某天下午，《野風雜誌》創辦人師範先生，很意外地帶著一位看起來精神矍鑠的長輩造訪秀威公司。當他們突然出現在辦公室時，我一時還真有點手無足措，當時我正和幾位同仁開會，小小的辦公室擠不下更多的人，開會的同仁們見狀一哄而散。我一得知坐在師範身旁的就是作家潘壘時，當下真是驚訝到說不出話來，不是矯情，真正是恍然如夢。因為有太多年了，我幾乎再也沒有聽過潘壘的消息；就像已經有太多年了，我幾乎忘掉那一個青春的盛夏！

我們好像連客套的問候都還沒開始，潘壘先生就急著問我是否有可能重新出版他的作品，而且如果能夠的話，他想出版一整套完整的作品全集。我當時才確認，潘壘八〇年代以後再也沒有新作問世。他突然丟出這個難題，我一時竟答不出話來，想到這套作品至少有上百萬字，全部需要重新打字、編校、排版、設計，這無疑將會是一筆龐大的支出，以當時公司草創初期的困窘，我實在沒有太多勇氣敢答應。對於這麼一位曾經在我年輕時十分推崇而著迷的作家，竟是在這樣一個場合下碰面，我實在感到十分難堪。在無力承諾完成託付的當下，我偷偷地瞥他一眼，見他流露出一抹失落的眼神，老實說，我心情非常難過，甚至於有一種羞愧的感覺。這件事、這種遺憾，我很少跟別人說，卻始終一直放在心上，直到去年。

去年，在一次很偶然的機會裏，我得知國家電影資料館即將出版《不枉此生——潘壘回憶錄》（左桂芳編著），秀威公司很榮幸能夠從中協助，在過程中我告訴編輯，希望能夠主動告知潘壘先生，秀威願意替他完成當年未竟的夢想，這次一定會克服困難，不計代價，全力完成《潘壘全集》的重新出版。對我來說，多年的遺憾終能放下，心中真有一股說不出來的喜悅。作為一個曾經熱愛文藝的青年，已屆中年後卻仍有機會為自己敬愛的作家做一些事，這真是一種榮耀，我衷心感謝這樣的機會，這就像是年輕時聽過的優美歌曲，讓它重新有機會在另一個年輕的山谷中幽幽響起，那不正是我們對這個世界的傳承與愛嗎？

最後，我要感謝《潘壘全集》的催生者師範先生，感謝他不斷給予我這後生晚輩的鼓勵與提攜；同時也要感謝《文訊雜誌》社長封德屏女士，感謝她為我們這個時代的文學記憶保存許多珍貴的資料；當然，本全集的執行編輯林泰宏先生，在潘壘生活的安養院裏花了許多時間跟他老人家面對面訪談，多次往返奔波，詳細紀錄溝通，在此一併致謝。

無擾為靜，單純最美。當繁華落盡，我們要珍惜那個沒有虛華、沒有吹捧，最純粹也最靜美的心靈角落。當潘壘的生命來到一個不再被庸俗干擾的安靜之境，當他的作品只緩緩沉澱在讀者單純閱讀的喜悅中，我想，一個不會被忘記的靈魂，無論他的身分是「作家」，或是「導演」，都將永遠活在人們的心中。

謹以此再次向潘壘先生致敬！

二〇一四年八月一日

一

愁悶的，南臺灣的八月，在安平漁區漁夫們近乎焦渴的等待中過去了。

這年的雨季，斷斷續續的，拖延著；如同這年淡季的景況一樣，使他們愈加感到難耐。在六月的下旬開始，半數的漁船已經上塢了，他們因此有一段很長的時間修補和添置網和漁具；在這些閑散的日子裏，除了收採他們在內灣和運河沿岸用人工養殖的牡蠣，間或亦有些漁船出海作業；但，每當他們回航靠近內港運河路漁會的碼頭，將一小筐漁獲物從舵前的小艙裏提出來，帶著有點靦腆的神態將它擱在磅秤上，等到驗收員用一種揶揄的聲音喊出那個可憐的數目時，他們偷偷的互相望了一眼，還沒等漁會的拍賣人（龔金發或者是郭成文）喊價拍賣，便隨手接過那張小小的檢量單，匆匆的走開了。

然後，他們到妙壽宮前面場子上的麵食攤棚裏坐下來，一面大口大口的喝著公賣局釀製的廉價太白酒，一面用粗黑的手指在板桌上計算著這次出漁的所得：先扣掉柴油耗量、漁冰；再除開船主的百分之三十五，以及百分之〇・五的保險費……

於是，將餘下的數目再按出漁的人數分攤。

「每份二十三塊五角！」

這個數目顯然是有些令人難堪的，假如在冬末和春二三月的烏魚汛蝦汛，也許僅夠繳付一次出漁的保險費；可是，他們沒有絲毫懊惱和怨懟——對於天氣和季候，他們永遠是虔誠的——接著，他們粗野地抹去板桌上的字跡，隨手拿起酒杯，笑著詛咒起來：

「伊娘！總比悶在屋子裏好些！」

那些晚上，他們麕集在延平街（舊名市仔街，是這兒唯一像樣的街道）菜市場附近的茶室和彈子房裏，辯論著安平為甚麼不開一家酒家之類的問題；或者在玩五色紙牌。而海興里的小伙子們，則裝模作樣的在他們的「海頭社」票房裏走著臺步，拉起嗓子在唱著臺灣腔的京戲——雖然他們用重金聘來的那位湖南籍教戲的琴師不斷的矯正他們的發音。

至於那些上了一點年紀的漁夫，大多躺在屋前的竹椅上納涼，或者帶著孩子們到那兩家小得像鴿子籠似的戲院子裏，在條欖上自由自在的支著腿，看那種像默片時代一樣，外加臺灣話解釋的電影……

總之，這種鬆散的生活使他們厭倦，彷彿除了向海、自然和他們自己的命運搏鬥之外，生命便了無意義——當然，他們是永遠不會了解這些的。對他們而言，這祇是一種本能，在這種本能裏面包含著環境的感染，和祖先在血液裏遺傳的一點神秘的力量，使他們永遠那麼癲狂而執拗地，在海與死神的手中，搶奪那在他們認為是具有無上價值的——魚！

這是絕對的，魚，在漁村的價值上，在漁夫生命的意義上，就是一切，包含著一切。

所以，儘管是在淡季裏，儘管上次出漁的結果是怎麼使他們難堪，但等到那種失望和怠倦漸漸在一個新的，比上一次更激烈的衝動中淹沒之後，他們又帶著那種頑強而傲慢的笑意出海了。於是，他們又帶著沉鬱的神色回來……

二

現在是九月的上旬，絕望的季節已經過去了。

由於接近「三牙」「烏口」魚汛，安平漁港驟然騷動起來。造成這騷動的另一個原因，是月初以時速廿五公里掃過本省西南海面的「麗泰」颱風，在恒春、高雄、紅毛港及沿海各地漁村所造成的災害。這幾天安平的人們在熱心的談論著：報載各地的災情，「大安」「金瑞滿」等近二十條失蹤漁船的下落。雖然在這次風災裏，他們亦有損失，但和那些地方比較起來，他們不得不深深的為自己感到慶幸；因為他們幾乎每一個人都有遭遇過颱風的經驗，不難想像出那種悽慘可怕的情形。

這次颱風過後，接連著好幾天的壞天氣。就在那些比較謹慎的漁夫們等待那風尾過盡再出海時，蘇大傳的「金發號」和其他幾條由年輕的伙子們操作的漁船，已經搶先出海夜間作業了。

所以第二天的一早，好些年老的漁夫便團集在漁會外面拍賣市場的棚簷下，談論著這件事。他們一致的認為，這是一件冒險的事情。因為這些時候的浪潮和氣流是變幻無常的；雖然他們也承認這是個捕魚的好機會。

他們繼續談論著，用一種善意的詛咒責備著這幾個「忙著去投胎」的小伙子們。後來，他們憶起他們年輕時的那些日子……

林金水孤孤獨獨的站在棚柱旁邊。他始終沒有參加那些老漁夫們的談話，只是靜靜的站著，凝望著右角的運河口，陷入一種紛擾的思想裏。

從外貌上看，他似乎比他的年齡更蒼老；雖然才四十七歲，頭髮已經半禿了，臉上的皺紋，像是佈滿著一條條粗細不等的繩索，那雜亂而叢密的鬍髭之中，隱蔽著兩片厚而濶大的嘴唇，那依然是很堅固的上門牙，微微有點外露。看來，他的神情十分疲乏，以致那雙黃渾的眼睛裏蒙著一層陰翳。他站著，左手支著一把半舊的黑布雨傘，他那寬大的肩背證明他在年輕的時候是一個身強力壯的漢子——或者就說是一個能夠吃苦耐勞的漁夫。當然，他現在也是，只不過在臺灣光復後的第三年，他的妻子去世之後，他便突然失去了這種勇氣和感到自己已經衰老了；直至現在，在他的心靈裏，依然將這件事引為一種恥辱。每當寂寞的時候，他便細細的回味著那些現在讓他感到悲痛的往事，然後再濾過那些悲痛，找尋一些慰藉。而這種慰藉，卻是在他痛愛的獨養女兒的身上所找尋不到的。

除了座落在金城里（安平最富庶的區域）的一棟水泥磚房，他擁有兩條漁船和三甲多虱目魚塭。他惟一異於普通船主的，就是他不到自己的船上去操作——安平沒有兩條漁船以上的大船主。隸屬這個漁區裏的一百二十多艘小型動力漁船，有半數以上是漁民私有的；而擁有一條漁船以上的船王，除了自己親自操作，則將另一條租與其他無船的漁民。

當昨天晚上聽到他租給蘇大傳的漁船「金發號」搶先出海的消息之後，他失眠了一整夜。一個奇怪的思想永遠纏繞著他，使他無法讓自己平靜下來。如果說這是為了他的漁船的話，不如說是為了蘇大傳比較真確。

現在，他完全沉耽在那個不幸的回憶裏：對於這事情發生的時間，他已經有點糢糊了，他祇記得，那個時候他還年輕。就如同現在這些伙子們一樣，對海無所畏懼，他和蘇大傳那已死去的父親——蘇火塗同在一條船上，那是他們合資建造的漁船，在經過無數次「有意的冒險」之後，突然，有一次不幸來了……

他驀然從回憶中軟弱而痛楚地垂下頭，半晌，他用瘖啞的音調低喊道：

「也是在這個時候，也是在一次颱風之後……」

那個奇怪的思想緊跟著又來了。

他忽然像是受著驚嚇似的急忙抬起頭，悽惶地向四周張望著。

「金水，」那個渾號叫做「蝦背」，年紀在七十開外的謝天來蠕動著他那乾癟而鬆弛的嘴唇，打趣地問道：「怎麼，你怕你的船會……飛掉啊？」

「哦……」林金水纔回過神，對方已經怪聲笑起來。

「你少擔這個心事吧！」老人勸慰道：「大傳這小子是甚麼手腳，你還不放心？」

林金水連忙搖搖頭，吶吶地應著：

「沒……沒這回事。就是您的話呀，大……大傳這小子的手腳，就和他爹一樣——不過，就……就是有點蠻！」

「蠻？」蝦背詭譎地眨眨眼。「你當年也不老實啊！你還記得『老金發號』嗎？」

「記得記得，忘不了！」

在片刻的沉思後，謝天來用慨嘆的聲音說：「安平就是安平，輩輩都出一兩條好漢！」

「您也是好漢之一呀！」林金水緩和地笑笑。

「當然！」說著，老人隨即心灰意懶起來。「唉！到底是老了——就算是推上十年八年吧，那個敢叫我一聲『蝦背』？我不打掉他的牙齒才怪呢！」

「他們是叫您『謝伯』呀。」

明白對方的心意，老人感激地笑了，然後解嘲地反著手去拍拍自己那佝僂的背脊，說：

「其實，也很像——不是嗎？」

林金水沒回答。就在他一時想不出什麼恰當的話語去安慰這位老漁夫，而感到尷尬不安時，前面內港的入口忽然有人大聲叫嚷起來：

「他們回來啦！」

人們隨即從沿岸那些低矮而黝暗的屋子裏走出來，擁到堤岸邊去，甚至那些正在熱烈地談論著「風尾」問題的老漁夫們，也停止了他們的談話，走出棚簷。

只有林金水依然屹立不動。他震顫了一下，低下頭；霎時間，他連重新抬起頭的力量都完全失去了。

三

那幾條「忙著去投胎」的漁船發出一種沉重而均勻的，醉人的馬達聲，緩緩地依次駛入運河。堤岸上的人們以一種羨慕而激動的目光，注視著它們。接著，人羣開始跟著漁船向前走去，孩子們高聲歡呼著，吹著尖銳的口哨，斜著身體奔跑在漁船的前面。

蘇大傳站在「金發號」機器室的旁邊，向岸上的人們揮著手。但，他不時回過頭望望走在他前面的「順源號」；他總覺得，他的「金發號」應該走在前面才對似的。可是，事實上他的船不可能走在前面，因為它的引擎已經壞了，現在是被「順源號」拖回來的。

於是，他有點忿懣地用腳跟敲敲機器室的艙竇，喃喃地詛咒道：

「這臺倒楣機器，早就該換了！」

正在悠閒地用腿夾著舵把的許德仔忽然扭轉頭，望了他那位身體和一條水牛一樣粗壯的船長一眼。

「你說過幾十遍啦！」他淡淡地說。

「德仔！」蘇大傳不悅地喊道：「你的骨頭又癢了嗬？」

這位助手裂開他那難看的嘴傻笑。

「嘸啦！」他說：「我是講正經話。這次你要是再不叫頭家花錢大修，下班我只有另外找船了！」

「好吧，隨你的便！這話你也說過不少次了——右滿舵！」說著，蘇大傳急忙到船頭去解開已經鬆弛下來的拖纜纜，隨手拿起一條竹篙，當「金發號」緩緩地靠近碼頭的時候，他將竹篙支著岸沿，使船停下來。

接著，他十分矯健地跳上岸，將頭纜套在碼頭的纜樁上。

「這一水怎麼樣？」那些人擠近他的身邊問。

「怎麼樣？」他打趣地指指他的船回答：「船都給三牙壓壞啦！」那些人哄然笑起來。

從「金發號」準備靠岸開始，林金水便勉強抑制著自己，不肯走到岸邊去；他不明白這是一種甚麼心理——他祇是愈來愈感到這擔負的沉重：如果推溯得更遠一點的話，就是從老「金發號」失事，蘇火塗失蹤的第二天開始，他便發生了這種感覺。不過，那時他除了讓纔滿十一歲的蘇大傳得到一個職業（最先是替他看守漁塭和做點雜工，四年之後才讓他到船上去），和按月給他的寡母補貼一點家用之外，他從未覺察到他們與自己之間有甚麼關聯，可是等到他離開了海，正式將「金發號」交給蘇大傳之後，他不時被一個奇妙而令他怔忡不安的思想騷擾著，像一個暗影一樣，整日跟隨著他。

但，當他的「金發號」和蘇大傳現在那麼真實地出現在他的眼前時，他反而畏怯起來了。現在，他昏惑地站著，直至他發覺自己的手臂被人捉住，他才驟然清醒過來。

蘇大傳站在他的面前，正以一種關切的目光注視著他的臉。低喊道：

「阿伯。」

「嗯……」林金水生澀地笑笑，然後避開蘇大傳的目光，一邊摸著口袋，一邊關心的呵責著說：「出去之前，你應該先和我講講啊！」

「……」

「這次又是甚麼壞了？」

「還不是老毛病——搖不著火！」

「這臺引擎太老了，我看，還是聽他們的話，換狄塞爾引擎吧！」林金水試探地問：「換起來也費不了多少時間呀！」

「免啦！」蘇大傳摸摸下巴，阻止道：「還是這臺『老山崗』好，用慣了，那些新機器反而覺得生手。」

林金水知道拗他不過，靜靜地望著他。

這位年輕的船長為了要使他的船主放心，於是繼續用和緩的口吻解釋著。

「其實，祇是小毛病，我可以自己修理，」他望望在後艙起魚的許德仔。「──今早因為怕回來遲了，魚要跌價，纔叫『順源』阿保拖回來。」

「……」

發覺對方沒說話，蘇大傳詫異地回轉頭。

林金水猶豫了一下，終於伸出那寬大而粗糙的手拍拍他的肩膀，含蓄地說：眼裏有一種奇異的光澤。

「你要記得，你還有娘啊！」

蘇大傳垂下頭，但，隨即又掙扎地仰起來，一聲不響的離開老船主，向「金發號」走過去。

他站在岸邊，心緒不寧地向他的助手嚷著：

「德仔，卡緊啦！」

這位已經決心離開這種壞脾氣的「阿頭」，和這條老漁船的許德仔依然慢吞吞的將那些尺把長的三牙，一尾一尾的從魚艙裏丟到甲板上，一邊不耐煩的咕嚕著……

約莫半個鐘頭之後，這幾條漁船這次出海所捕獲的魚已經過了磅，而且分門別類的攤放在漁市場的水泥地上；那些金黃色的三牙佔了一大半，其次是烏口、雜魚，還有兩三條兩尺長的小鯊魚，其中一條是奇形怪狀的雙髻鯊。

那些承銷人逡巡在魚貨的前面，用手去翻翻魚腮，評量著貨色。在拍賣人龔金發正要開始拍賣的時候，「馬路西」突然在市場中出現了。

對於這個萎縮瘦小的人，無論是漁會裏的職員，漁民，甚至他這三十幾位同業，對他都存有一種敬畏的心理——這是指他的能力而並非權力。因為他有一個最大和最好的胃納，魚價往往因他的是否在場拍賣而決定一種合法的升降；他從不肯委屈自己——縱然是在淡季裏——來和他的同業們搶百把幾十斤的「寸」買賣，就算是三幾千斤的魚蝦：在他來說，祇不過是動幾個指頭（標價時的暗碼）的事情。

於是，那幾個承銷人馬上謙遜的給他讓出一個位置。同時，將自己心裏擬定的喊價重新調整一下。

現在，龔金發站到那堆三牙的旁邊，半恭維半調侃地向「馬路西」笑著說：

「怎麼，小魚也來搶嗎？」

「馬路西」向站在魚貨對面的蘇大傳擺擺手。

「喏，還不是捧捧大傳的場，趁趁熱鬧。」他說。

所有的人都笑起來。

接著，那些承銷人圍站在龔金發的前面，由其中一個人喊出一個最低的價，然後拍賣人開始唸唸有詞的用一種急促而滾動的聲音喊起來：

「四塊，四塊，四塊一……」他一面唸，一面靈敏地偵伺著那些出標者的手勢，很快的喊出那個數目：

「四塊四，四塊五，四塊六，四塊七……」

「馬路西」安靜的站著。

「五塊一，五塊二，五塊三……」龔金發的聲音愈唸愈快，當喊過五塊七之後，出價的祇剩下三個人了，而且，每出一次價，總是經過短短的猶豫，所以他不得不在價目與價目之間，用舌頭的抖動聲拖延著時間。

拍賣人繼續唸道：

「五塊八，得得得……五塊九，得得得……」他將他的右手習慣地舉起來，作一個截價的準備姿勢。

「馬路西」依然沒有動。

「六塊，得得得……」

現在，最後兩個喊價人中的一個也放棄了，但當龔金發正想放下他的右手時，那個連眼睫毛也沒有眨動過一下的，瘦小的傢伙忽然摸摸耳朵。

拍賣人馬上用一個興奮的聲音叫起來：

「六塊二，六塊二，得得得……」

大家寂然無聲。

「六塊二——賣啦！」龔金發帶有一點威嚴的意味，重重的將他的右手放下來。

於是他將鋪放在魚上的那張小拍賣單撿起來，讓「馬路西」在上面簽一個字，然後繼續拍賣下一批魚貨。

由於「馬路西」標去那批三牙之後，便無意於其他魚貨，所以那餘下的烏口雜魚等，很快的便由另外幾個承銷人分標了。

「順源號」的謝阿保將檢量單往內衣袋裏一塞，用拐肘碰碰蘇大傳。

「去喝兩杯酒嗎？」他問。

「不行呀，」蘇大傳率直地回答：「我還得修理引擎呢！」「啊——晚上……」

「你們不想搶兩水嗎？」

謝阿保向其他的同伴望望。

「好！一道再去！」他肯定地說。然後大夥向妙壽宮廣場那邊走去。

「德仔，」蘇大傳叫住走在他們後面的助手：「你決定換船了嗎？」

許德仔困難地回轉身。囁嚅道：

「完……完全是，是因為這——這臺老引擎……」

「老引擎！我摸了十年了，什麼毛病我知道。」這位暴躁的船長不快活地說：「我就是閉上眼睛，用一隻手——」

這位助手以一種委屈的聲音截住他上司的話：

「可是總有那麼一次的啊！」

蘇大傳微微震顫了一下，沉默下來。想了想，他比著手勢，感激的，用溫和的口吻說：

「好吧！去喝酒去吧！在別的新船上幹得不夠味兒，你再回來！」

許德仔驀然被他的話感動了。他忽然喃喃地說：

「我在『金發』上，好幾年了吧？」

「去去去！少在這裏婆婆媽媽的！」蘇大傳皺著盾頭，用力推開他的老伙伴，然後返身一步一步的向堤岸走去。

這時，魚市場的人全散了，祇有那位管理員在鎖大冰櫃。被一個新的意念所困擾的大傳向這邊望了一眼，便跳到「金發號」的甲板上去。

但誰也沒有注意到，一個身材高高的青年人，從這幾條漁船靠岸開始，便極有興趣和耐心的擠在人羣中，看著他們起魚，拍賣；直至現在——他看見蘇大傳鑽進「金發號」的機器室，開始他的修理工作——他纔帶著一種沉思的意態，離開這個地方……

四

從衣飾和這種專注的神情上，就可以判斷他是一個「外省人」，一個普通的遊客；港口旁邊的海水浴場每一天都從臺南市——甚至從更遠的地方，吸引來一批遊客，尤其是在這個季節裏。在安平人看來，他們都是那麼好奇的，彷彿他們的知識僅局限於城市的範圍裏。那些由竹筏從岸邊收採回來的牡蠣插枝，最容易使他們駐足；他們細細的研究著，像是發現了一個新的世界。於是由於臆測的意見不同而互相辯論起來，最後，也許是由一個漁民，或者是一個纔進國民學校的囝仔替他們解決這場紛爭。

顯然，他是初次到這個地方來的，因為每當他經過一條路口，便得左右打量一下，纔決定走的方向。現在，他已經轉過河堤的彎口，站在金城里弘濟宮場子的前面了——他一定得到過別人的指示，或者過安平遊記的這一類東西，所以他很快的便轉了彎，向著安平古堡「熱蘭遮城」[1]那個方向走去。

1　熱蘭遮城：又名紅毛城、赤崁城、臺灣城、王城及安平城等，通稱古堡，係公元一六三二年荷蘭人所建。當時安

他穿著一件白麻布短袖襯衣和一條淺灰色的卡嘰布褲子，走路的步子是十分穩定的；他的容貌並非屬於俊美的那一類型，但亦沒有什麼可挑剔的地方，總之，他應該是一個有個性的，並不使人厭惡的男人。他有一個寬大的頭額；那雙明亮的，注滿了生的意志和活力的眼睛上面，是兩條濃黑而略向上揚的眉；那柔軟的唇邊，圍著一圈叢密的，修刮過的鬍髭。雖然在神情上顯示出一種茫然的愁緒，但仍掩蓋不住他本性上的通達。他在掙扎著，企圖越過命運在他的生命中築起的圍欄。

這就是他這一次漫無目的地旅行的全部意義。

現在，他已經走過一片廣場，走到安平古堡的大碑石前面，他在一棵老榕樹的下面將腳步停止下來，抬頭望望那座巍峩的，用紅磚砌成的熱蘭遮城堡，前面那座白色的燈塔，於是他努力排開正在紛擾著他的思想，開始拾著磚級上去。

可是纔上了幾級，他的腳步終於又停了下來。

「一級一級的向上爬，倒退，再向上爬……」他思索著：「上面還有無數級啊！」

平與台南隔着台江，如今滄海桑田，台江已湮，安平已與台南陸地相接，日人於其間闢運河，故現在水陸交通均便。該城近代以來，幾經興廢，鄭成功驅走荷人後，曾駐節於此。

他霍然仰起頭，一個強烈而尖銳的意念使他覺得那些在不久以前失去的力量，又完全在這一瞬間回到他的生命中來，他凝望著那被初透的朝陽所炫耀的城堡，宛如面對著理想中的宮殿；一種滿足而驕傲的笑意，開始從他那緊閉的嘴角流瀉出來，他重新鼓足了勇氣，向著理想的前程繼續走上去。

於是，他用整整半個鐘頭，以一個遊歷者最愉快的心情在這座古堡上遊覽著：他徘徊在向南那架著三座笨重而且已經銹蝕的火藥大砲前面，辨認著那模糊不清的，在砲身上鑄著的「嘉慶十九年仲冬奉憲鑄造臺灣水師協標古營大砲一位重一千五百觔」等字樣，以及旁邊豎立的石碑；然後他又腿上西北角燈塔旁邊的一座瞭望臺，眺望著那淡藍色的海港的灣口。

很快的他便被一個新的意念攫捉住，他凝望著那些在閃爍的波光中浮沉的黑點，彷彿那些黑點正是他的思維中逐漸成形的某一種東西——那是一個模糊的輪廓，當他要想更清晰的窺察它時，它又突然間消逝了。

後來，他帶著這種渾沌迷惘的感覺走下這座城堡，在前面的樹蔭下面，他隨口向那位賣涼粉的婦人詢問：

「請問到海水浴場去，是由——」

等到他將話再重複一遍，那位婦人纔用一種並不純正的國語回答：「這邊，有一條汽車路，」她用手指示著。「不過，你順這條路走去，也可以——近一點，卡快啦！」

「多謝多謝。」他操著生硬的臺灣話說。

但當他扭轉身，要想沿著那條通往墳場的小路走去時，他突然若有所悟地喃喃自語起來。

「對呀，路雖然不同，但都可以走到的——我為甚麼老是不肯放棄它呢？」

他瞬即被自己的話所激惱了，而適纔在古堡上的那個未成形的思想也隨之從他的心靈中呈現出來。於是，他止不住激動地低喊道：

「放棄它！而且這裏對於我，也許很適合呢！」

說著，他不假思索地返回內港的岸邊。

在那個地方，他用謙和而極其懇切的聲音和態度，向那些正在漁船上工作，和坐在小冰攤的遮簷下面閒坐的漁夫們探詢著，是否能讓他在這兒找到一個工作。

但，經過幾次毫無反應和結果的詢問之後，他完全絕望了。那些人似乎並不完全了解他的話——雖然他們聽得很明白。他們祇以一種冷漠的目光望著他，搖搖頭，最多祇作一個直截而並不申明理由的表示：「沒賽啦！」

直至他問到一位好心的老人，他纔明白過來。

「你是外頭人，不會明白，」老人說：「我跟你講：在安平『討海的』攏總是本地人……」

「哦。」他裝作若無其事地笑笑。

「……」發覺他這種沮喪的神情，老人熱心的再補充一句：「這樣吧，你可以到漁會去問問看。」

「漁會？」

「喏！就在前面——你去過嗎？」

「嗯，是的。」

幾分鐘之後，他已經站在漁會的門前，他由那扇敞開的大門向那黝暗的內室望進去，他看見裏面很零亂，擁擠的放有四五張簡陋的辦公桌、櫈子、放文具的大木櫥；有幾個人在埋首工作著。突然，他猶豫起來，等到他略為將那紊亂的思想整理一不之後，他幾乎要為自己這種狂熱的舉動而發笑了。

「剛離開你那種植蘑菇的小農場，便想跨進海裏去，」他向自己調侃道：「這不是很可笑的嗎！」

停了停，他繼續向自己說：

「我看，還是收回你的幻想吧——他們回答你的話，還不夠你洩氣的？你應該重新整頓你的農場，這一次的失敗，也許是最後的一次呢！」

他終於被自己說服了，於是他急忙離開漁會的廊簷，走出堤岸上去。

這個時候，蘇大傳滿身油污的從「金發號」的機器室裏爬出來，望他一眼，然後用手背抹抹額上的汗，蹲在甲板上開始修理手上拿著的油幫浦和噴油器。

五

不知是一種甚麼奇異的力量，使他耐心地靜坐在「金發號」的纜樁上，全神貫注著蘇大傳修理機件。

最初，這位青年船長偶然抬起頭，和他的目光相遇——這是毫無意義的，蘇大傳隨即又低下頭。但當他第二次抬起頭用一種困惑的神色打量坐在岸邊的人時，這青年人索性站起來，跨上「金發號」的甲板。

「要我來幫忙嗎？」他熱切地問。

蘇大傳不快活的望望他，並不回答。

「我也會修理呢。」他繼續說。一邊探頭去窺望旁邊的機器室。「——哦，是日本引擎！」

「嗯轉？」「金發號」的船長生硬地問：「日本引擎甚麼不好？」

他平靜地笑笑，順手拿起那隻噴油的油嘴，一邊審視著，一邊解釋著說：

「並不是有甚麼不好。這種山崗式的引擎我們的農場裏也曾經使用過，像這種油嘴子……」

沒等他的話說完，蘇大傳突然從他的手上奪回那隻噴油器。一言不發的返身鑽進機器室裏去。

對於這位船長這種含有惡意的舉動，他非但沒有絲毫惱怒，反而更有耐心的站到機器室入口的旁邊，向下面俯視著。因為他知道，對方這種暴燥是必然的；他自己也有過這種經驗。所以，他極其安靜的觀察著，當蘇大傳將那些修理過的零件重新裝配到引擎上，開始彎著身體搖動引擎時，他細心的傾聽著引擎所發出的聲音。

但，儘管這位力大如平的船長使盡了他的力氣，搖動著，可是，這架幾乎要變成廢物的「老山岡」除了發出一些難聽的，不規則的響聲，接著又靜止下來。

最後，蘇大傳完全絕望了，他直起身體，沉重地吁了口氣，然後劇烈的喘息著，爬上甲板。

「搖不發動？」那青年人淡淡的問。

蘇大傳抹著汗，沒有回答。

「那麼讓我來！」他用一種堅定的聲音說。

蘇大傳困惑地仰起頭。而這個青年人已經脫下他的襯衣，鑽進機器室裏去了。當他經過他的面前時，蘇大傳很想伸手去攔阻他，不過，他隨即轉了念，他認為讓這個「自大的傢伙」下去吃吃苦頭，倒是一件好事。因為他憎惡他這種倨傲的，滿不在乎的神氣；而且，他相信除了自己之外，便沒有人比他更了解這架「老山崗」的。

於是他站起來，帶著嘲弄的笑意跳上碼頭，走進漁會裏去。他在那裏悠閒地喝著茶，點上一支煙，然後在外面的木欖上坐下來，望著自己的船。

突然，他想起他的老伙伴，——許德仔。他想：假如今天晚上要出海去的話，就得另外去找人了。雖然這並不是一件困難的事，不過，他發覺（他從未發覺過的）許德仔有很多好處……

「就拿我發脾氣的時候來說吧，」他忍不住笑起來。「——他那種可憐的樣子就叫我打不下手。」

而且，他承認這位助手有點憨，有點遲鈍，但，卻是很有義氣的，這幾年來……

蘇大傳忽然覺得不應該再想這些，他向自己說：

「開船的時候，去把他抓回來就是了！」

這時，「金發號」的引擎突然響起來，但接著又停了下來。

蘇大傳猛力吸了一口煙，將煙蒂甩掉。

「賽伊娘！」他詛咒道：「再搖吧！使力搖吧！」

話還沒說完，船上的引擎又吼叫起來。最初，它夾雜著一種不均勻的噪聲，漸漸的，開始沉緩下來，變成一種和諧而正常的轉動。

蘇大傳連忙跳起來，回到船上去。

這「自大的傢伙」在機器室裏回轉頭，望望上面那正以一種驚異的目光注視著他的蘇大傳，然後示意地將引擎關閉，再用一種熟練而輕巧的動作將它搖動。

等到下面的人再次將引擎關閉，蘇大傳急切地問道：

「是甚麼毛病？」

這青年人爬上甲板，一邊用棉絲揩拭著油污的手，一邊說：

「迴火！」他打著手勢。「噴油的時間不對。」說著，他抬起頭，注視著這位有點歉意的船長。「不過，這引擎得要換了——你已經用了好多年了吧？」

蘇大傳沒說話，他接著又說：

「如果要大修，除非是換汽缸套筒，不然，活塞和活塞環總得要加大四十以上纔行！」

「你說它已經沒有用了？」

「至少是不能夠裝在船上。」

「你怎麼知道？」船長不信任的皺皺眉頭。

「我不是跟你說過嗎，」他回答：「我學過機械，而且我曾經用過這種山崗式引擎。」

沉默片刻，蘇大傳忽然問：

「你做甚麼『生理』的？」

這青年人搖搖頭，苦笑著說：

「現在沒職業，正要找一個工作。」

「在這裏找？」

「有甚麼不可以？」他拿起放在機器室上的襯衣，反問道：「我沒有資格做一個漁民嗎？」

這位「金發號」的船長注視著他，像是在思索著些甚麼；忽然，他伸手去抓抓對方的手臂，然後用力拍拍他的肩頭，直截地問：

「你也會修理那種新式的狄塞爾引擎？」

「當然，我會的。」

「好吧！」蘇大傅露出一絲激動的微笑，決然地說：「——你跟著我來，試試看！」於是他們一起跨上碼頭，向漁會走去。

在漁會的門口，船長驟然停下腳步，低聲問道：

「哦！你叫甚麼名字？」

「秦宇。」這年輕人回答。

六

秦宇跟在蘇大傳的後面，側著身體擠過那些塞滿了整間屋子的辦公桌椅，向裏面走進去。拍賣人龔金發抬起頭，發覺蘇大傳那奇異的神情，於是大聲嚷道：

「怎麼，今晚又要出海去搶了嗎？」

蘇大傳感激地笑笑。

「嘸啦！」他說：「機器壞掉啦！」

「要換？」

「嗯。」

「怎麼遲不換，早不換，」那位拘謹緘默的總幹事吳讚成插嘴道：「非要在這個時候纔換？」

「船主不放心呀！」望了秦宇一眼，蘇大傳率直地說：不過，這次是我的意思，換新式的狄塞爾！」

「嗄！難得難得！」拍賣人嘖嘖嘴，低喊起來。

蘇大傳會心地笑了，他拍拍秦宇的肩膀。說：

「還不是因為他——啊，我給你們介紹，這位是……」

「秦宇。」

「呃，是——秦先生，」船長接著說下去：「他要在我的船上幫忙。」

屋子裏隨即沉靜下來，這些人開始用一種疑惑的眼光打量著這個陌生人，彷彿這是一件不合理的事情，而且不應該在安平發生似的。

這位船長向四周望望，突然接觸到秦宇那含著疑慮的眼睛；經過短短的思索，他一把拉著秦宇的手臂，向裏面那位瘦弱，臉色有點蒼白的指導員那邊走去。

「老謝，」他站在那人的辦公桌前說：「一切手續都要請你幫忙辦理囉！」

那位指導員馬上站起來，誠摯地向秦宇伸出手。

「那還用說。」他帶著點口吃說：「我是謝從敏。」

「老謝也是外省人，你們好好的談談吧。」蘇大傳補充道：「——我到船主家去，馬上就回來。我請客吃午飯！」

等到蘇大傳走出漁會，秦宇在謝從敏身旁的空椅子上坐下來。這時，纔發覺那位指導員在注視著自己。

「您府上是江蘇吧？」他裝作若無其事地問。

「不，是浙江溫州，小地方啊！」謝從敏笑著回答。頓了頓，他變換一種較為嚴肅的語調問道說：「你以為這種工作對你合適嗎？」

秦宇望了望龔金發他們，反問道：「你以為不合適？」

「……」指導員點點頭。

「我不明白你的意思。」

「是的，」謝從敏有意味地說：「我剛到安平來的時候，我也不明白。」

秦宇不解地望著對方。

「還是聽不懂？是不是？」謝從敏含蓄地笑笑，將桌上的文件放進抽屜裏去之後，他站起來，低聲說：

「我們還是到外面去談談吧。」

於是他們走了出來，沿著堤岸走著。才離開漁會不遠，這位瘦弱的指導員先發問：

「府上的人都在臺灣？」

「不，祇有我一個人。」

「在做事？」

「等於在做事，」秦宇說：「我在臺北郊外辦一個種植蘑菇的小農場……」

「哦，你是學農的。」

秦宇忍不住笑起來。

「錯了！」他搖搖頭。「我在交大唸機械，三十八年來臺灣之後，在一家工廠裏做工，後來一位朋友告訴我蘑菇可以用人工種植——照理論說，祇要永遠保持某一種溫度，那些撒在畜糞和腐草之中種的子一年可以收穫兩造至三造；當然，那還在試驗階段；不過，結果我還是幹起來了！」

「於是，你失敗了？」謝從敏睨望著他。

「不！」他憤懣地嚷道：「祇能說是我的錢花光了——你沒看見，蘑菇的確是長出來了，可是，它長不大，上面生很多黑斑。」他忽然將腳步停下來。「算了，我們不要再去談它！」

謝從敏笑著接著他的話說：

「你的靈感真不壞，先由工廠走進農場，現在卻要從農場跨進海裏！」

「今天早上我也向自己這樣說來的。」

「不過！我要警告你，」謝從敏忽然認真起來：「工廠有路通農場，農場有路通海，可是，海是無路可走的啊！」

「也可以說是路路可通。」

「對！到死亡去的話！」

停了停，秦宇用一種激動的聲調說：

「你要知道，我並不是一個懦夫啊！」

「我沒說你是個懦夫，」這位好心的指導員解釋道：「我祇要你先明白這一點；而且，你要知道，安平沒有一個內地人。」

「那麼你呢？」

「我？」謝從敏陷入回憶的沉思裏，半晌，他帶著一種欣慰而滿足的意態重新抬起頭，說：「你可以想像出這三年我是怎麼挨過來的，尤其是最初那一段惡劣的日子……」「我相信自己也會做得和你一樣好的。」

望望這位新來者這份近乎固執的自信，指導員那輪廓明顯而略為寬濶的嘴角隱隱的泛出一絲笑意。

「當然！」他說：「要不然你還是在你的工廠裏。不過，我的情形和你的不同；我只是對付那些擺在桌子上的公事，而你卻要對付一個安平出名的，壞脾氣的船長！」

「可是我的脾氣也不見得比他好啊！」

他們大聲笑起來。

「好吧！」謝從敏回轉身，佇立在堤岸邊說：「我沒有理由拒絕你，再說，我也希望你能夠留下來，因為……」

「因為你太寂寞了！」秦宇急急的截住他的話。

顯然，謝從敏被這句毫不掩飾的話刺傷了，但，正如這句話的本身一樣，他不能掩飾自己的寂寞。

「你以為我不寂寞？」他含著淡淡的愁意問。

「也許我是為你而來的！」秦宇熱切地回答。

謝從敏激動的接住他伸出來的手，他很想用話語表示自己的心意，可是他說不出來，最後他避開秦宇的眼睛。

「走！」他說：「我替你去辦入會的手續。」

七

這天的黃昏，當他在堤岸灣口的運河碼頭上，送秦宇乘搭最末一班汽船回臺南去之後，這位軍事學校出身的指導員謝從敏，深深的被陷在一種紊亂不安的情緒裏了；他幾乎不敢承認這是完全因為今天所發生的事情而起的。雖然那些酒精仍在他的血管裏燃燒，但，他感到惶惑和畏怯，就如同他三年前從海南島撤退到臺灣，然後由他的一位老長官介紹到這兒來工作時一樣。不過，這是很明顯的，他意識到這種激動中含有另一種因素。

他記起那些令人難堪的日子：那時漁會裏的職員和安平所有的漁民們用一種什麼眼色望著他，他忍受了多少輕蔑和奚落。現在，他已經是他們心目中最值得信賴的人了；他的堅忍和任勞任怨的精神感動了他們——他們的入會、登記、申請，以及一切公文來往的手續，都是由他指導和協助辦理的——他們最後終於清除心中的歧視和成見。這就是他唯一的慰藉；而這種深潛於內心的力量，曾經屢次打消了他要離開這個地方的意念。因為他太寂寞了。

但，當這個「為了他的寂寞而來」的人突然在他的眼前出現時，他反而感到無所適從起來。不過，他的冷靜曾經希望對方能夠放棄「這個愚蠢的念頭」，可是，最後他反而被他的堅強和執拗感動了，他那豪放的性格以及直率的談吐使他由衷的從心靈中發生一種仰慕之情，他被他那特有的氣質吸引住了。

「也許我是為你而來的。」他不斷的重複著這句話。

所以，秦宇在第三天的下午，從臺北辦理好戶籍、農場和私務，搬到安平來時，他便要求他和他住在一起；同時，在「金發號」的新引擎裝修完竣之前，便替他辦理好加入漁會船舶總隊，以及向聯合檢驗處取得船員資格等手續。

至於這位才從他的蘑菇農場走出來的新漁夫，除了將大部份時間用在「金發號」的引擎裝置工作，他利用那些空餘的時間向四周的環境觀察著——他知道安平這萬餘居民中，有三分之二以上是以漁為業，以海為田的；他知道這個漁港裏一共有一百二十餘艘五噸級的小動力漁船（其中有兩艘是七噸級的）；這些漁船可以說完全同一類型的，長約九公尺，寬兩公尺，馬力在十四上下，時速五至七海哩；他知道漁塭和養殖牡蠣的情形，漁網及漁具的類別用法；他還從一些書本上了解一點海洋、氣象、海流及潮汐等知識。

每當他拿出那本小記事冊，或者詢問一些有關的事情時，蘇大傳總是說這句善意的謔語：

「你要變成漁業專家了！」

「我想，總會有那麼一天的。」他認真的回答。

蘇大傳不滿意他這句話，十有九次，他重複地申述著，並且用手勢加重他的語氣。

「這些，到海裏完全沒用！」他嚷道：「寫這些東西的人，都是躲在岸上寫的！」

「那麼你應該把真實的情形告訴他呀？」秦宇說。

「我小的時候曾經這樣想過，」船長突然變得心灰意懶起來。「如果那時不是因為……呃，我能夠繼續唸書的話，我早就寫出來了！」

「……」

於是，蘇大傳藉故走開了。從他的眉宇間，顯示著一種痛惜和惱恨的神情。不過，這種情緒很快的又被他自己驅散了。他以一種揶揄的聲音向自己說：

「你能夠寫出來又怎麼樣？還不是一個討海的！」

在這句話裏面，雖然攙雜著些兒自卑的成份，但對於海而言，他永遠是一個強者。所以，他心靈中這一點點兒遺憾，幾乎從未被任何人窺察出來。

但他這位新的助手卻例外，在第一天，他就了解了這一點。因此他們在共同相處的時候，彼此間——至少秦宇是這樣——都在互相忍讓；每一次不能防止的衝突過後，無論哪一方，都感到歉然。

碰到這種時候，當他們的目光在沉默中相遇，一種類似默契的感應使他們同時笑起來。

於是其中一個用力在對方的肩膀上打一拳，快活地說：

「下次你讓我一點好啦！」

八

入塢的第七天，在這個燠熱的下午。

永吉船塢經過一陣忙亂，「金發號」緩緩的沿著傾斜的軌道滑下水去……

照例的，船頭和船尾貼著幾張上面寫著「下水大吉」之類吉利字樣的紅祇，林金水將旗桅上的那串鞭炮點燃了，囂鬧著，那含有濃重火藥味的煙屑充溢在船的四週，船上的人嗆咳著，用手揩拭眼睛，爆竹放完之後，煙屑才漸漸的散去，浮在水面上……

「發火！」蘇大傳站在舵位上喊道。望望身旁的林金水。

引擎隨即發動了，吼了兩聲之後，便沉入一種緩慢而諧和的響聲中，漁船微微的顫動著。

秦宇在機器室裏回轉頭，向上面的船長得意地使了一個眼色。

「慢俥！」

船尾的俥葉開始轉動，鼓動著浪花，「金發號」平穩地緩緩的沿著運河向內港駛去……

蘇大傳咬著下唇，傾聽著這架狄塞爾柴油機所發出的響聲，直至漁船駛至正常的滑行速度，他又用生硬的聲音叫起來：

「快俥！」

現在，「金發號」已經在令人興奮的速度中前進了。船頭微微的以一種傲慢的姿態向上昂著；引擎的聲音，亦隨之由有規律的節奏而溶合於一種有力的和音中。

船主林金水臉上那緊緊收縮著的肌肉漸漸鬆弛下來，他望著蘇大傳問道：

「怎麼樣，行喔？」

「行！」船長偏偏他的頭。「——真不壞！」

「他們說這種機器的倒車要比日本山崗式方便呢！」

「呃，我是要試試的。」蘇大傳回答。

「金發號」現在以全速駛入內港了，堤岸上的人都駐足用驚異的目光視著他們。蘇大傳推左舵，將船擦著沿岸停船的漁船，等到它駛過原來停泊的船位，突然拉一個右滿舵。

漁船斜著轉出港心，然後對著堤岸船與船之間狹窄的空隙衝進去……

老船主站穩了身體，瞟了那「蠻牛」船長一眼，隨即走上去抓緊機器室頂的環把，注視著那正以一種很快的速度靠近的堤岸。

蘇大傳鎮定的抓著光滑的舵把，大聲命令道：

「——停俥——倒俥！」

秦宇異常敏捷的鬆下油門，將倒俥把手拉回中間的位置，讓俥葉和引擎主軸脫離，然後將把手推到倒俥位置上，再繼續加油。

「金發號」仍然對著堤岸滑行著……

當船頭距離堤岸不遠時，蘇大傳才低促地喊起來：「快俥！」

引擎又開始怒吼，在船頭碰觸堤岸之前，船的速度馬上停止了。

「熄火！」船長興奮地叫道。

林金水深深的吁了口氣，驟然軟弱地垂下頭。他聽到蘇大傳的聲音在稱讚著：

「好！好極了——兄弟，上來吧！」

秦宇關閉了引擎，爬上甲板。望望左右，他才發現船已經停在碼頭上。

「怎麼樣？」船長帶著輕笑向他的助手問道。

「好！真水！」他操著發音不準的臺灣話回答。

「我們上岸去吧，」蘇大傳拍拍他助手的肩膀。「先去洗個澡，換套衣服，晚上還有『拜拜』呢！」

這時，老船主才從極度的昏亂中恢復過來，他勉力抬起頭，連回頭向他們望一眼的勇氣都沒有，便匆遽的由船頭跨上堤岸，向前走去。

「但願有橫浪的時候他不要這一手！」林金水在心裏默禱著。「——也許，這是因為我老了……」

九

從廚房的格子窗上看見自己的父親神色疲憊地走進大門，林秋子連忙放下手上的工作，一邊用圍裙揩拭著手，一邊用急促而細碎的腳步穿過走廊，向客堂迎出來。

林金水扶著神案前一張方桌的邊緣，沉重的將身體倒在旁邊的舊式椅子上，抬起頭，發覺女兒站在門邊，憂慮地望著自己。於是，他勉強露出一些笑意，故作輕鬆地自語著說：

「嗨！熱死人了喃！」說著，他扯下搭在腰帶上的毛巾，抹著脖子上的汗水。

女兒望著他。

他不得不又向門邊望望。

「都準備好了吧？」他問。

女兒點點頭。她以一種憐惜而關切的目光望著她的父親，她幾乎能夠窺破那蒙在他心上的那一層暗影。她明白，他的自尊在鞭笞著他，他的遭際——衰老，失去了老妻和海——使他難以忍受。當然，她也了解這位退休的老漁夫在三年前堅持著將她送到高雄女子中學住讀的原因。

「他在逃避。」她不斷的被這個問題騷擾著。「逃避我，逃避記憶，逃避一切曾經接觸過的生活——一種無法解釋的逃避。」

因此，一個多月以前由學校回到家裏來的林秋子不假思索的放棄了唸書的念頭；當這位現在愈來愈變得沉鬱和懦弱的父親鼓勵（近乎懇求的）她到臺北去考大學時，她便以留在家裏照顧他為辭，予以拒絕了。

「你討厭我在你的身邊嗎？」

林金水終於被女兒說服了。從決定這件事情開始，一個新的惶惑很快的在他的心靈中滋長起來了，因為他從此要終日戒備著；對於他的自尊——這層暗影而言，女兒變成了一個最大的敵人。

而且，他害怕她這種憂慮和過份關懷的眼光，正如現在所看見的。現在，看見女兒仍然默默的站著，於是他掩飾地將話題岔開。

「妳的外公已經怪妳啦，這次回來，妳還沒去看過他吧？」他站起來，喃喃地說：「——他以為妳今天會跟到船塢去的。呃，那臺新機器真不壞……」

林秋子被父親這種神態引得笑起來了。

「你是坐船回來的嗎？」她溫馴地問。

「試試律俥！」

「哦，那個外省人怎麼樣？行吧？」

父親忽然笑起來。他打趣地說：

「這幾天妳問過好幾次啦！」

女兒的臉驟然紅起來。

「呃，妳自己也可以到碼頭上去看看呀，大傳不是……」

林秋子急急截住他的話，解釋道：

「我是說，人家在談論他。」

「那還用說，」林金水淡漠地應著：「他到底是個外省人嘛——又是顏金登向妳說甚麼了吧？」

「嗯。其實，我倒不覺得怎麼樣。」她說：「只要有力氣，誰都可以去討海！」

這位父親顯然是不同意女兒的話。他認為只要有一個外省人到這兒來做漁民，就會有一百個人跟著來；到了那個時候，雖然不至於對本地的漁民有什麼不利，但，到底是一件不怎麼愉快的事情。而且，一種鄉土和地域的觀念像是在他——以及所有的安平人的心理生了根似的，不能夠輕易的拔除。所以，當女兒用探詢的語調，問他為什麼不去阻止「這個外省人」到船上來時。林金水淡淡的回答：

「他是大傳自己找來的呀！」

「哦，他受得了大傳的鬼脾氣？」

「我也覺得奇怪。」船主思索地接著說：「不過，那傢伙倒是個男子漢，很有點斤兩。」

再回到廚房去之後，林秋子已無心於她的工作了。她心不在焉的望著窗子，像是在思索著一件永遠無法解答的事情似的，有一種奇異的光澤在她那雙黑而聰慧的眸子裏閃爍著。

她的乳母在旁邊不時偏過頭來望望她，嘴角露出慈愛的，淡淡的笑意。

「這丫頭變得真快呀，」她在心裏說：「才半年功夫，就變得這麼大人樣了。唔，不知道會不會是……」

想著，她又回過頭去，靜靜的注視著她的臉；就以這個時候來說，她仍覺察不到她有什麼特別美的地方，不過，老乳母總覺得她有點特殊，她的相貌是逗人喜愛的，「不像一個安平人」，當然，在她的記憶裏，「她那死去的母親也不像」；現在，她看見她的嘴唇在微微的嚅動著，於是她忍不住低聲問道：

「妳又在發甚麼楞了？」

林秋子醒覺的回過神來，淡淡的笑了笑。

「秋子！」停了停？老乳母又低聲喚道。

「——甚麼？」

「我問妳，」她注視著她的眼睛，問：「在高雄，妳有什麼朋友嗎？」

「當然有。」

「真的？」老乳母興奮的向她挪近一步。

「……」林秋子有點困惑的望著她。

「我是說男朋友！」

林秋子笑起來，她用手背掠掠耳邊的短髮，彷彿是有意遮掩臉上泛起的紅暈。接著，她扭開頭，微慍的嗔聲道：

「妳怎麼會問這些呢——沒有！」

老乳母顯然是失望了，但，她隨即又熱望地挨近林秋子。

「就算有，也是應該的呀！」她溫和的補充道：「妳以為自己還是個囝仔嗎？都已經十八九啦！」

「十八九了，又怎麼樣？」

「怎麼樣，妳還能夠在這個家裏住一輩子？」

「呃——就是要住一輩子！」

「妳在講含慢話啊！」老乳母認真的笑著說：「哪有到了這個年紀還不早早準備的呀！在以前……」

「以前？」林秋子笑著反嘴：「阿母不是二十六七才嫁的嗎！」

這句話觸動了老乳母的心事，她黯然的低下頭。整理了一下思緒，她感傷的嗄聲說：「這是因為妳的外公呀！」她陷入痛苦的回憶中。「那個時候，他一定要妳老伯入贅，妳老伯不肯，結果一拖就拖了六七年，後來假如不是因為妳的阿母生病，恐怕……」

「……」

「唉！」老乳母唏歔起來，她哽咽地唸道：「妳外公還指望妳阿母替他蔡家也養一個呢！」沉默開始展開了……

突然，一個新的念頭將林秋子劇烈的震顫了一下，她停下手。

「別再發楞啦！」老乳母拭著潤濕的眼角，催促道：「還不快點準備和他們到妙壽宮去拜龍舟。」

「我不想去了！」林秋子掙扎著，抬起頭，決然地問。

老乳母驚慌地望著她，吶吶地問：

「又是什麼不對啦？」

「我覺得有點不舒服，」她匆匆地解開圍裙，叮囑道：「——晚飯我不想吃了，不要到樓上來叫我。」

但，當她用急促的腳步跑回樓上自己的臥室裏之後，她驟然感到慌亂起來，接著，一種難堪的孤獨之感充塞著她整個被這不幸的思想所搗碎的心靈。可是，她極力抑制著自己的眼淚——她從來不願意落淚的，因為她是一個堅強的人。然後，在窗前的椅子上坐下來。

她想起自己那孱弱多病的，已死去了五年的母親；她隱隱窺見父親那被這層暗影所遮蓋的，真實的面貌；她開始明白，他所逃避的是什麼。於是，她又從聯想中看見她可憐的外祖父——她那永遠沉溺在悔恨和悲痛中的外祖父……

忽然，她以一種不屈服的聲音對自己說：

「現在這個悲劇輪到妳的身上啦！」

她動也不動的坐著，注視著這個漸漸向她走近來的厄運。直至樓下林金水帶著貢物香燭，和蘇大傳他們一起到妙壽宮去向那條龍舟（一條據說是在鄭成功時代遺下的木船）求福；直至那喧鬧的拜拜酒席開始而又結束，林秋子仍然沒移動過一下。

十

第二天的清晨，安平仍迷濛在初秋的薄霧中。

蘇大傳搖晃著身體，沿著堤岸濕澀的路面走著。他的頭仍在隱隱作痛，雖然昨夜他只是微微的故意喝下兩杯酒；所以他一邊走，一邊用拳輕輕的敲著額頭，同時，一邊痛恨地詛咒著：

「誰叫你去喝呢！不會喝，而又故意去喝——找罪受，可怨不得別啊……」想了想，他笑了。「她的生日就快到了，這水回來……」

驀然，他看見纜樁上坐著一個人。

「什麼人？」

「是我。」秦宇站起來，應著。

「這麼早起來，見鬼呀？」

「今天不是要出海嗎？」

船長大聲笑起來。

「第一次我出海，」他率直地說：「也跟你一樣，睡不著——昨晚你沒醉？」

「沒有。你醉了？」

「我什麼都可以稱英雄！」蘇大傳忿忿的說：「就是不會喝酒！看見酒瓶就已經醉了！」

「大概是因為你父親不喝酒的緣故吧？」

「嘿！我老父是個大酒罐，天天醉！」蘇大傳望著前面。「我國語學校都沒讀完，他就死蹺蹺了！現在我總不能讓我的阿母傷心呀！」

秦宇從衣袋裏摸出一包香煙。

「來，抽一支。」他遞給他，緩和地說：「這總不一能算是太壞的嗜好吧？」點燃了煙，船長深深的吸了一口，然後用力的將煙噴出來。

「香煙你總算是把我教會了。」

他們繼續談了一會，當那灰黯的晨霧因天角的轉色而漸漸變得透明時，蘇大傳開始教這位新助手整理延繩釣的釣具：他教他怎樣將這長約八百臺尺，包括有一百四十條延繩上的空魚鈎，有條不紊的依次扣在一隻方木桶的邊緣上；在若干距離上繫上那些用石頭做的沉子；還有那些用擬餌的曳繩和蝦曳網。

等到這些工作做完之後，他們加足了油量，在漁會領了漁冰，便開始出海了。「金發號」緩緩的駛出內港，在港口聯合檢查處辦理好簡單而嚴密的登記和檢查，再取到這兩天的旗號，便向港口駛出去……

由於安平漁區的漁船都是五噸級的，所以作業的範圍僅限於沿岸和近海——在北緯二十三度，東經一二〇度，距離安平十浬左右的海面上。所以漁船大多是早出晚歸，或者是夜間出海，次晨回航的；雖然東經一一九度與一一．五度之間的第一一九三漁區是一個很好的漁場，但，它們不能到哪兒去，除非是漂流——那麼它們便可以到一個比想像中更遠的地方去了。

現在，他們的船在平靜的海面上向西方前進。

秦宇挾著一份狂喜，一種新奇的激動，站在機器室後面的甲板上，當時他的思想是凌亂的、片斷的，而且他亦不希望有一個完整的思想，在這時候擾亂他對於這個海、理想以及已被他那生命的觸角所觸及的命運的專注。

「你是不暈船的吧？」

他回過頭向在把著舵的船長笑笑。

「我想是不會的，」他回答：「在上海坐船到臺灣來的時候，我沒有吐過。」

「不要說得這麼快啊！」蘇大傳帶著輕笑說：「——不過，你最好是不暈船。」

「你看吧！」秦宇極其自信的說。

船長不再接著說下去，他只是淡淡的笑笑，便開始命令這位他認為還沒吃到苦頭，「不知死活」的助手將魚艙裏冷藏著的什魚拿出來，切成小塊，作為延繩釣的魚餌。

他們一邊工作，一邊談笑著。

一個鐘頭過去了。秦宇驀然感覺到漁船在上下簸動，他連忙抬起頭。在這短短的一瞬間，他發覺船長偵伺的目光正停留在自己的臉上。

「有點不對了吧？」蘇大傳冷冷的問。

「沒什麼！」他比著手勢。「——不像個搖籃嗎？」

「像得很！等一下更像呢！」船長挺直身體，用一種奇怪的聲音叫道：「快俥！開足它！」

秦宇用迅速的動作跳進機器室，用力拉足油門，然後再爬上甲板。他知道，他的船長已經開始向自己挑釁了。於是，他向船尾走過去。

「讓我來替你掌掌舵吧。」他說。

蘇大傳將舵位讓給他，但當他正要向機器室走去時，船身驟然的擺動使這位船長的身體突然失去了平衡，摔倒在甲板上。

舵位上的秦宇得意的大笑起來，仍然忽左忽右的搖動著舵把。

蘇大傳用拐肘支起身體，跟看笑起來。

「好！真勇！」他叫道：「不過，風浪大的時候，這樣要不得啊！」

秦宇扳回中舵，而蘇大傳忽然失聲低喊起來，他幾乎還沒有站立起身體，便連爬帶滾的跳下機器室，將引擎關閉了，馬上又帶著一種緊張的神情跑上甲板。

「什麼事？」秦宇有點惶惑地間，

「你看！」

順著蘇大傳所指示的方向望過去，秦宇看見前面有十幾隻海鳥在天空中旋飛著，發出啁啁的尖叫聲。他不解地回頭望望那陷在極度興奮中的船長。

「究竟是什麼呢？」他又問。

「你看它們下面海水的顏色！」

「啊！」這位從農場來的助手現在完全明白過來了。他屏息著呼吸，注視著前面離漁船五百公尺的海面：在那個地方，海水變成一種渾濁的褐黃色，浮著細碎的波紋，顯得異常平靜；而這個範圍之外，那湛藍色的浪濤卻在洶湧著……

「這是一個大漁場嗎？」

「當然！」蘇大傳快活地說：「來！去把引擎發動，開慢俥！」

等到秦宇鑽進機器室，漁船回復一種緩慢的速率的時後，船長又低促的命令道：

「去把魚餌拿上來，下延繩！」

剛爬上甲板，秦宇忽然感到頭腦有點暈眩。他想，也許是機器室裏太窒悶的緣故吧。於是他抑制著，用敏捷的動作打開漁艙的木蓋，將那一小筐魚餌拿出來，和蘇大傳分坐在船的兩舷，一邊在釣鈎上裝魚餌，一邊將延繩投進海裏去……

裝了餌的延繩全放完了，蘇大傳小心的將「金發號」挨近漁場——為了害怕魚羣受驚嚇，他們將漁船減至最慢的速率。

「它們的膽子小得很呢！」船長機警的緊握著舵把，駛進漁場裏面，他凝神注視著海水，低聲地解釋道：「要其中有一條驚逃，那就麻煩了……」

「嗯。」秦宇漫應著。他扶著機器室，勉強噓下由胃裏湧上喉嚨的發酸的胃液。

「金發號」繞著漁場旋轉著，約莫過了半個鐘頭，蘇大傳對他的助手說：

「你拉拉看──沉嗎？」

秦宇提一提延繩繫在舷邊的繩頭。

「有什麼東西在顫動，有嘸？」船長又補充一句。

「呃，有的！」秦宇顫聲叫道：「它在拉著！」

蘇大傳丟下木舵，跑到另一邊船舷上，抓著那段略為粗大的繩頭，嚴肅地吩咐道：

「拉延繩的時候要快──來！」

他們隨即迅速的用力將延繩收回來，那些被釣上的魚被摔在腳邊的甲板上，劇烈的顫跳著；魚鈎和那些魚尖銳的背鰭刺著他們的手，他們緊咬著牙，獰笑著，眼睛裏爆發著一種類乎瘋狂的火燄。

「這就是討海的快樂！」蘇大傳興奮地自語著：「我真希望能夠拉它一輩子！」

「我做夢也沒想到過，我會從海裏拉上這許多魚呢！」

「嘿！」船長瞟他的助手一眼。「多的時候，你連一隻空鈎都看不見呀！」

「那真是太開心了！」

延繩完全收回來了，他們精疲力竭的席地靠坐在舷邊的甲板上，劇烈地喘息著，互相望著，笑著……

蘇大傳抹抹臉上的汗，抬頭望望頭上的驕陽，霍然跳起來，叫道：

「我們快動手，水面一熱，它們便要鑽下去了！」

秦宇正要站起，忽然感到一陣暈眩，竟伏在舷上嘔吐起來。船長並不去理會他，他自管自的去除魚嘴的鈎，一面催促道：

「快呀！」

「……」

「你聽到沒有？」船長用揶揄的聲音繼續說：「肚子裏要留點東西呀，要不然，等一下要吐出心肝肚腸的呢！」

秦宇忿懣地抬起頭，但又劇烈的痙攣起來，他重又癱瘓的倒伏在舷欄上，痛苦地呻吟著，吐出一些黃色的，苦澀的汁液。這樣繼續了好幾分鐘，秦宇幾乎感到不能再支持下去了，他抓緊自己的衣襟，搐動著，而這種比死亡更難受的痛苦仍在不斷的加劇；他開始感到對於這種生涯的畏懼和絕望，他已經後悔自己為什麼要到船上來了。

他向自己懇求道：

「要求他回航吧，讓你馬上回到陸地上去吧！」

他終於被自己說服了。他困難地扭轉身體。

「快起來動手呀！」船長惡毒地輕笑著，大聲斥責道：「我要你到這船上來嘔吐的嗎——怎麼樣啦！這隻搖籃很好玩吧？」

他又絕望地呻吟起來。

「還是回到你的農場去吧！這就是你自己的狂妄招來的懲罰啊！」秦宇向自己詛咒著「——該死的懲罰！你賭咒吧，你發誓永遠離開這種鬼生活……」

他緩緩的舉起他那酸疲的手，困難地喊道：

「請，請給我——我喝口水！」

「喝水？好吧！」蘇大傳輕蔑地笑笑，站起來，他提著一隻小木桶到舷外去打了半桶海水，狠狠的潑到秦宇的臉上，他乖戾地問：「夠了嗎？要不要再來一桶？」

秦宇被激惱了，他用那被淋濕的衣袖抹了抹被海水的鹽份刺痛的眼睛，掙扎著要站起來，但，第二桶海水又潑到他的身上。

「你以為自己是英雄，甚麼都能做！」船長繼續詛咒道：「好吧！等一下身上的海水乾了，你就懂得討海的滋味了！」

這種難堪的侮辱使秦宇堅強起來了，一種強烈的自尊心和優越感在殘酷的鞭笞著他，他感受到比這種凌辱，比身體上所感受到的更大痛苦。驀然，他努力掙扎著站起來，緊握著拳頭，怒目逼視著他的船長。

「對啦！這纔像個人呀！」蘇大傳得意地笑了，他決然的指著甲板上凌亂的漁具和魚，厲聲的命令著：「快點！時間不多了！」

秦宇的額上爆著汗珠，他傾盡全生命所有的力量抑制著，雖然他隨時有倒下去的可能，但，他仍勉強支持著，做著他的工作。

「不能在這小子的面前示弱呀！」他警惕地對自己說：「——你看他那副想挨揍的神氣，是個人都忍受不了的。」他繼續想：「是的，這種倒楣的毛病是可以克服的；你剛才怎麼竟會想到那個沒出息的念頭呢？你不是很自信的嗎？好吧，看你怎麼樣表現你自己吧！」

之後，雖然蘇大傳仍然能夠從他的神情和意態中窺見他所擔負的痛苦，但，他不得不由衷的感到一種快慰和驕傲——因為秦宇並不是一個懦夫。

「我第一次出海，也是和他一樣的。」船長諦視著他的助手，想著：「如果金水伯不用海水潑我，也許現在我還在替他看魚塭呢！」

但，及至他們將釣上的魚放進冰艙，重新將釣繩和魚餌整理好，魚羣已經在海面失蹤了。

這位暴燥的船長開始用最惡毒的話咒罵起來，而這位自感愧疚的助手默默的忍受著。他們繼續使用那入水較深的曳繩和蝦曳網，但並無收穫；接著，他們費了大半天的功夫在十浬外的海面上游弋著，找尋著新的漁場……

十一

「金發號」在這天的下午跟在其他的漁船後面回航。它在安平內港受過檢查，然後慢慢的在運河的彎口靠岸之後，因這次的漁獲不豐而有點悶悶不樂的蘇大傳就像是以前吩咐許德仔一樣，命令他這個已然精疲力竭的新助手儘速的起卸魚貨；可是，在漁會過磅時，他從驗收員的手上將檢量單搶了過來，胡亂的往衣袋裏一塞，便拉起嗓子對神情萎頓的秦宇喊道：

「一個鐘頭之後，我們在船上見面！」

「還有甚麼事嗎？」秦宇困惑地問。

蘇大傳示威地微微揚起頭。

「嗯，晚上要出海！」

「哦……」

「你自己作個決定吧，」船長帶著他那種特有的輕蔑補充道：「如果你不能出去，我可以另外找人的！」

還沒等秦宇答話，他跨著寬大的步子走開了。

這位像是在害著重病的新漁夫望著他上司的背影消失在前面，他驟然沉重的垂下頭。想起這次出漁所蒙受的羞辱，他連身上的皮膚因被烈日曝晒和被海水浸醃而起的刺痛都毫無所覺了；他一面痛恨自己這種該死的「毛病」，一面鎮定的準備應付這即將到來的挑釁。

當他正在猶豫不決時，謝從敏站到他的面前，關懷地低聲問：

「你暈船了，是不是？」

他抬起頭，苦澀地笑笑。

「你的臉色很怕人呀，還是去休息休息吧。」

「不了。」他生硬地說：「晚上還要出去呢！」

「出去？」瘦弱的指導員笑了。「怎麼樣？我早就說過，他是不大好侍候的。」

秦宇沉鬱的注視著他的眼睛。

「你以為我不敢去？」

「你的身體吃得消嗎？」謝從敏深摯地反問。

「是的，這是很難忍受的，」秦宇誠實地點點頭。「不過，你放心吧，我會照顧自己的

——好，我得馬上去洗個澡。」

等到他洗了澡，換過一套衣服，比約定的時間早幾分鐘趕到碼頭時，蘇大傳已經安安穩穩的坐在船頭上。

船長馬上站起來，熱望地說：

「我知道你一定要來的！」

「我也知道。」秦宇微笑著應道。

「我們真的要走嗎？」

「怎麼不呢！」頭腦仍在發脹的助手強頑地說：「晚上我還沒出去過吶！」

「那麼就走。」

「要領些冰加些油吧？」

「我已經準備好了。」船長神秘的笑笑，將衣袋裏的一隻小紙包遞給他的助手。「——收起來吧！」

「……」

蘇大傳跳上甲板，他有點羞澀地故意扭開頭，說：

「這是一種臺灣土藥，含兩粒在嘴裏，就不會暈船了。」說著，他突然回轉身，變換一種嚴肅的聲音喊道：

「準備開船！」

十二

一個星期過去了。

「金發號」和安平所有的漁船一樣出海作業，只不過它要比其他的船忙碌一點——就像秦宇第一次出海那樣，下午回航之後，接著又夜間出漁。

現在，這位曾經發誓要離開「這種鬼生活」的新漁夫，已經變得如同一隻水獺那麼靈巧了。雖然當風浪大一點時，他仍會感到有些不適，不過，據說這是任何一個幹了幾十年的老漁民都會有的，於是他也處之泰然了。碰到這種時候，他便有意的強迫著自己去回味那天的情形；他知道心理上的痛苦是要比肉體更難克服的，雖然他也知道它要比肉體更易被騙。

他漸漸熟習於這種尖銳、癲狂而激動的生活：他熱心於他的工作，他開始了解他的環境，這些終生從事漁撈工作的漁夫們，以及魚對於慾望的意義。

這天下午當他們回航後將所有的雜務做完，蘇大傳在漁會的門口將昨天出漁的所得交給他的助手，他說：

「陪我到臺南去嗎？」

「給你的女朋友買禮物？」

船長笑著推開他。

「去換你的衣服去，我們乘下一班船。」

「坐汽車去不快些嗎？」助手問。

「船上談話方便一點，」蘇大傳認真地說：「這種事情，你比我懂些——就這樣吧！」

半個鐘頭之後，他們已經在行駛安平臺南間的運河汽船上。這種汽船的大小和普通的漁船相仿，駕駛室在船頭，艙內有兩排靠著窗的座位。由於艙內的乘客比較多，而且悶熱，所以他們靠站在尾部一塊小小的甲板過道的欄沿上。

秦宇偷窺著船長的臉色，試探地問：

「她住在臺南？」

蘇大傳靦腆地笑笑，並不回答。

「用不著對我守這個秘密啊！」

「你唔宰羊啦！」船長分辯道：「我還不知道她怎麼樣呢！」

「你沒問過她？」

「唉，這種話真歹講！」

「這又有什麼難說呢，難道連她對你怎麼樣你都不知道？」

「對啦！」

頓了頓，被這件事情引起了興趣的助手又問：

「你們認識多久了？」

「呢，好多好多年了。」

「你始終沒向她表示過？」

「我沒錢呀！」蘇大傳心煩意亂地用手拍拍木欄，反問：「我表示了又怎麼樣？」

「這跟錢又有什麼關係呢？」秦宇好奇地望著他。

「你不會知道的，」他輕喟道：「我們臺灣人結婚是一件大事情……」

「哦，她是個養女？」

蘇大傳思索了一下，隨口應道：

「嗯，是個養女——我們不要去談她！你說，我買什麼送給她最好呢？」

「好吧，」秦宇回答：「等到你認為應該告訴我的時候再告訴我吧。」

到了臺南，秦宇替他這位上司在市場上選了兩件花色素淡的衣料（儘管蘇大傳認為顏色鮮明的比較合適）；而且，還在一家拍賣行裏用很便宜的價錢買了一條輕金屬手鍊。他想：這是十分大眾化的時髦玩意兒，這位他連影子也沒見到過的女孩子，一定會喜歡它的。

當他們在夜市場的攤子上吃了一些麵食，然後向運河口走去時，蘇大傳忽然停下腳步，為難的吶吶道：

「我還，還要到她——她家去……」

「那麼讓我先回去好了。」

「你不會生我的氣？」

秦宇打趣地喊道：

「今天晚上假如你再不向她表示，那我可真的要生你的氣了——記著啊！」

十三

離開秦宇之後，「金發號」的船長懷著這個心靈中最大的隱秘，漫無目的地在臺南的市街裏走著。對於這份真純的情感，他總是抱著一種畏怯而羞慚的心情接近的；這樣說，毋寧更直率的指出，這是由於他自己自卑的緣故——從他的父親去世開始，這種可怕的心理便逐漸在他的心中滋長起來了；不過，這只是對於這件事情而言，因為除了這個問題之外，他從未發覺過貧窮對於他有什麼遺憾。

「我真的要告訴她嗎？」他反覆地問著自己。

可是，他隨即又有意避開這個問題。他了解自己對這事情的憂慮；這些年來，雖然他們之間仍然保持著一種微妙的聯繫，但他總覺得愈來愈失去自信了，甚至有時他曾經想過，自己是否應該永遠放棄這個念頭。

放棄？他的固執和童年時的記憶與情感不允許這樣做。他忽然覺得，他們是應該相愛的，除了她之外，他認為沒有任何一個女人值得他去愛；而且，縱然她不愛自己，他還是沒有理由不去愛她的。

他繼續在胡思亂想，然後又在路燈下面解開那隻包手鍊的小紙包，仔細的端詳著那條手鍊，再將它搭在腕上，比擬著戴在她手上的模樣。等到他認為秦宇所乘搭的那班汽車已經開行，他才折回公路車站，悄悄的乘搭下一班車子趕回安平。

在車上，他迷惘而昏惑地玄想著，直至到了安平，走進船主家的大門，他還沒有完全清醒過來。

「大傳，你要找誰呀？」老乳母微笑地問。

支吾了一下；他困難地回答：

「阿伯在家嗎？」

「你坐坐，我去叫他下來。」

「免了免了！」他昏亂地急忙阻止道：「沒什麼事，我是，呃——」他將衣袋裏一疊紙幣遞給她。「這是昨天的，妳給我交給阿伯。」

老乳母瞟了他手上的紙包一眼，接著說：

「沒有別的了嗎？」

他尷尬地背著他左手，急急地應道：

「呃，沒……沒什麼了——我走啦！」

看見他慌慌忙忙的扭轉身，老乳母忍不住笑了。她追著叮囑道：

「秋子在她外公家呀！」

蘇大傳走了出來，他極力理清這紛亂的思緒，纔決定循著一條小路到永吉船塢去。果然，如他所預料的，他在半路上便遇見她了。

林秋子文靜的站著，向這位神色不安的船長問道：

「你要到哪兒去？」

「呃……」在並不十分明亮的光線下面，蘇大傳吶吶地回答：「到，到船塢去。」

「去找我的外公？」

「呃，是的，」

「那麼快去吧，」林秋子說：「我回去了。」

「嗯……」

但，才走兩步，他忽然有點忿懣地將她叫住。

「秋子！」

她吃驚地回過頭。

「什麼？」她溫和地問。

蘇大傳走近她，可是，又覺得一時無從啟口，不知道應該怎麼說才好。他站著，避開她的眼睛，雙手背在身後，緊抓著那隻紙包。

林秋子定定的瞧著她這童年時的遊伴，從一種回憶的意趣中微笑起來。她用柔和的聲音催促道：

「你現在跟我說話怎麼老是這樣的呀？」

「今天……」

「我替你說，今天是我的生日。還有呢？」

蘇大傳被自己這種「扭扭捏捏」激惱了，他越想越不能忍受，終於悻悻的將手上的紙包塞到林秋子的腋下，生氣地說：

「帶回去吧，這是我送給你的！」

說完，他頭也不回的轉身走了。但，他隨即又悔恨起來，他詛咒自己為什麼會見了她就說不出話。

「我沒要你說那句話呀！」他質問著自己：「你就不可以談談別的嗎？而且，你並不是要趕到那倒霉的永吉船塢去的呀——你這個笨蛋！」

這天晚上他很晚才回到自己的家裏。他那害風濕症，整天躺在床上的母親隔著那層薄薄的板壁問道：

「你到金水家去了？」

「嗯。」他含糊應著她。

「看見秋子了嗎？」

「看見了。」

「唉……」她深深的嘆息起來，喃喃的唸道：「這小妮子長大啦——如果你老父還在，什麼都好辦了……」

大傳和衣躺在床上，他呆呆的望著窗格上的月光。後來他母親低聲呼喚他時，他不敢去答應。

十四

日子在安平的漁夫們那顯得有點焦燥的等待中緩滯的流過去。

現在，是十月的末梢。天氣漸漸轉寒了。那些畏寒的，在深海的加臘、土托、串仔和鯊魚開始游向近海的表層，而這種季節廻游和這兒特有的蝦汛（安平是產蝦著名的），像是一種歡樂的信號，這個漁港隨之又騷動起來。

也許是由於太忙碌的緣故，關於這位「外省人」的種種話題，那些固執的漁夫們不得不暫時停止討論——其實，幾乎是千篇一律的，在他們這些閒話裏面，除了那種惡毒的詛咒和沒由來的怨恨，便將所有的理由歸結到他的省籍上——因為「外省人到底是外省人」。不過，大多數的漁夫們並沒有這份閒心去注意這些，雖然他們對於這件事表示不滿，但他們也不表示反對。而且，蘇大傳在他們心目中的地位使他們自然而然的漸漸消除心中的成見，接受這個「外省人」給他們的友誼。

這天早上，秦宇被漁會那個管雜務的小工役從酣睡中搖醒。

「在漁會有你的掛號信。」

秦宇在床上坐起來問：

「什麼地方寄來的？」

「呃——不清楚，大概是臺北吧。」

他用迅速的動作穿上衣服，搭著那孩子的肩膀走出來。他一面笑著向碼頭上的漁夫們招呼著，一邊暗自思忖著這封信的發信人和它的內容，因為他從未將地址告訴過任何一個熟識的朋友。

「喂！老秦！」一個衣服破陋不堪的老人在一條小巷子裏追出來，喊著。

秦宇停住腳，回轉身。那老人走近來，搓著手，為難地問：

「有香煙嗎？」

秦宇不假思索地在褲袋裏摸出一包新樂園，遞給他。當他顫抖著手指取了兩支，將還剩下大半包的香煙還給秦宇時，秦宇擺擺手，說：

「你拿去好了。」

老人尷尬地笑著道謝。秦宇接著問：

「昨天船回來的時候沒見你呀？」

「我，我……在海頭……」

「你自己要來拿啊。」

老人含糊地應著，又蹣跚地回到那條小巷子裏去了。秦宇悲憫的望著他的背影，自語道：

「怪可憐的。」

小工役奇怪的問：

「你送東西給他？」

「幾條小雜魚——他連吃的都沒有呀。」

秦宇用手圍在他的身後向漁會走，那小工役不以為然地咕嚕道：

「只有你才去可憐這種人！安平人連望都懶得望他一眼的！你還給他送魚，剛才——大半包煙！」

「他年紀太大了，」秦宇微笑拍拍他的肩。「船上的活他幹不了，而且是孤孤獨獨的一個人……」

「幹得了也沒人要他呀！」他吐了口吐沫，憎惡地解釋道：「你別看他年紀大，吃喝嫖賭樣樣都來，連海頭那些浪蕩子都怕了他。」

「他叫什麼名字？」

「葉龜年。哦——你連他叫什麼都不知道？」

走進漁會，秦宇向總幹事吳讚成和穿著一套黃卡嘰便服的「辰興號」船長陳福裕招呼了一下，便向謝從敏的辦公桌走過去。

「臺北來的掛號信，」指導員將一隻中式信封遞給他。「不會有什麼要緊事情吧？」

秦宇連忙撕開那封上署有「臺北市古亭區國民兵隊」等字樣的信封，將一張公文從裏面取出來，看了兩行，他的眉頭便皺了起來。

「是什麼事？」謝從敏又問。

「我看得要親自到臺北去一趟了，」他將那張公文丟在桌上。「你自己看吧。」

才看了個開頭，指導員便疑惑地抬頭望望秦宇。

「你是民國二十二年生的？」

「你看我像二十一歲的嗎？」他反問：「身份證上給我填錯啦——照理我是民國十七年出生的。」

「那你為什麼不早點去更正？」

「我沒這份耐心呀！」

「可是，這次你可得要有很好的耐心去受四個月補充兵訓練了。」謝從敏調侃地說。

「我倒不擔心這個，還來得及辦理更正的手續呢！」

「——你擔心自己會對軍隊生活發生興趣？」

秦宇會心地笑了。

「你打算什麼時候動身？」

「這得要找我的阿頭商量過才能決定，」秦宇將那份公文塞進袋子裏，伸直身體說：「假如走，也是明天的事，今兒晚上要出去呢。」

在他離開漁會時，陳福裕在門口大聲叮嚀道：

「給大傳講講，小心點——氣象所報告的，海峽的風力加強！」

但，這天的黃昏，「金發號」依然是出海了。

當漁船出了內港，蘇大傳搶先發問：

「他們說你明天要回臺北了？」

「嗯，回去辦理兵役的手續。」

「不回來了嗎？」

「誰說，最多也不過三兩天的事情。」

「那麼我就休息兩天，等你回來再開船！」

秦宇感激地笑笑，說：

「休息兩天——你耐得住嗎？」

「怎麼耐不住？」蘇大傳把著舵，凝望著前面絢爛的晚霞，淡漠地說：「——現在比不得以前了！」

秦宇注視著他的臉，困惑於他這有點反常的意態，緘默著。蘇大傳突然像是發現了甚麼似的回頭望望他的助手。

「你覺得我最近是不是有點……」

「有點心不在焉，」秦宇直截的說：「呃，你很久沒在我的面前提起過她了！」

「你說誰？」

「你的『坎乃喬』（日語：愛人）呀！」

蘇大傳有意味的笑起來。他故意避開那個問題，反問道：

「你也有『坎乃喬』嗎？」

「有，當然有！」

「現在呢？」

「大家分開了。」

「為什麼呢？」

「為什麼？」頓了頓，秦宇分析道：「女人不會喜歡像我這樣的男人，她們總認為我的心思太多，太容易變動；所以，就說我的情感不可靠——其實，我這種追求……」他忽然止住話，叫道：「這是見甚麼鬼呀！我問你的，你還沒回答呢！」

「算了，我們大家都不提，」蘇大傳抬頭望望已經暗下來的天色，說：「——真的有點風呢！」

之後，他們始終沒說過話，各人被自己的思想佔據著。風浪亦漸漸大起來，浪沫不時被掀潑到甲板上，發出一種駭人的，動笑似的嘯聲……

到達漁場，在海面上放下「火桶」，他們將那重約十多公斤的蝦曳網放下，由兩條三分粗的綆繩平拖在船後，這時，「金發號」以緩慢的速度在火桶的四周繞行著。

那幾隻火桶忽上忽下的在浪濤中起伏，當漁船逆著橫浪轉彎時，船身便傾斜過去，浪潮猛撲在船舷上，劇烈的震顫著……

「抓緊一點啊！」船長叫道。

「我會的！」秦宇用手抹去臉上的海水，大聲回答：「後面已經把船拖住啦！」

「那麼快俥！」

引擎開始吼叫起來。

他們敏捷地站在船尾的兩角，用力將曳網兩端的綆繩收近漁船，再將底網拉起，移近船舷，然後將網抬上船上來。

「用力！」

「來！起！」助手嚷道：「鈎著網底了吧？」

「不會的，來，再來一次——用力！」

這次，網被拉起來了，但當他們正要換手，要想提著網環時，那沉重的曳網又跌了下去。

「噢，賽伊娘……」船長興奮地喊道：「滿滿的一網啊——來，兄弟，一！二！三——」

他們和那隻裝得鼓漲的曳網一起滾跌在甲板上，網裏的魚蝦從散開的網口掙扎出來，跳動著……

秦宇伏在甲板上，抓著一隻大蝦；他一面忙亂的用另一隻手緊壓著網口，一面發狂的叫起來……

「你看，」他向船長伸出手。「全是草蝦！又肥又大的草蝦！」機器室頂上那不十分明亮的工作燈的光芒，照著蘇大傳那發亮的，激動地笑著的臉。

十五

安平的蝦汛並沒有什麼明顯的節期的，它並不像那些覓食、生殖或者是追逐暖流迴游到這兒來的魚類那樣，除了在它們的汛期裏，便杳然無跡；假如一定要作一個明確的解釋的話，那麼每年從十一月開始，便接近旺季，到第二年的三月，便達到最高的頂峯（在這個月份裏，安平的產量通常在十萬公斤以上），過了五月，才步入淡季。

而這個月份——十月，卻是淡季裏的淡季。照漁會的統計，幾乎是不成比例的，只撈獲白秋蝦、劍蝦和什蝦五十公斤而已。

所以，當「金發號」在第二天早上，將那筐將近四十公斤重的大草蝦和一些爐蝦放在魚會的磅秤上時，圍在四周看熱鬧的人用嘈雜的聲音談論起來。

「你老是走在我們的前面啊！」

蘇大傳用粗壯的肩膊接受著那些人的拳頭，謙遜的笑著回答：

「空船回來的時候也是一樣的呀！」

「晚上一起走嗎？」「蝦背」的孫子——順源號謝阿保低聲問，帶點懇求的神情。

「我的伙計晚上要去臺北……」

「德仔不是要想回來嗎？不管怎麼樣，他總算是幫了你好幾年啦！」蘇大傳思索了一下。

「不過他馬上就要回來的，」他說：「而且我也想借這個機會休息一兩天。」

「休息？」謝阿保不以為然地叫起來：「這兩天是個好機會呀——你以為這場風會吹一輩子嗎！」

蘇大傳拍拍對方的背，笑了。

「晚上再說吧！」

這位沒有完全死去這條心的「順源號」船長正要繼續用話去打動蘇大傳，龔金發向他們走過來。

他用拐肘碰碰蘇大傳，示意地望著前面的堤岸說：

「你看是誰來了？」

「馬路西！」謝阿保回過頭，連忙接住先前的話：「你看，這兩天是新貨，價錢是最吃香的啊！」

拍賣人有見地的瞇著眼睛，睨望著蘇大傳。

「我打賭馬路西要標過五十塊！」

「給你說對了我請客。」

「話是你說的呀，大傳！」龔金發認真的嚷著。「——你別走開啊，最多只要你等十分鐘。」

「你知道我不會賴的。」蘇大傳笑著回答。

於是，龔金發極其自信的，帶著他那種喝兩瓶紅露酒絕對不會醉的神氣，向魚市場的人堆裏擠進去。

十分鐘之後，蘇大傳被擁著到妙壽宮去了——草蝦每公斤五十四元，爐蝦三十六元；出標的人不用問，當然是「馬路西」，以他一貫的手法，在最後關頭用一個小動作標下來的。

秦宇等到他的上司走遠之後，他將「金發號」上的雜物收拾好，然後再回到自己的住處去。

謝從敏靠坐在床上，望著他在整理衣物。

「馬上就走嗎？」他打著呵欠，問。

「我想乘中午的那班平等號，」秦宇邊收拾邊回答：「晚上就到臺北，如果明天早上能夠把事情辦妥，那麼我就趕原班車回來。」

指導員點燃一支煙。

「你用不著這樣急呀，你知道嗎，那些傢伙要說你的閒話，就是因為你太賣力。」

「所以他們見不得？」

「不是嗎？」

「那麼他們今天早上更見不得了！」秦宇笑著說：「三十九公斤的大草蝦！」

謝從敏也跟著笑起來。秦宇換過衣服，將那隻有帶子的旅行袋掛在肩上。

「你繼續睡睡吧，」他說：「我還要到船主家去。」

「去幹什麼？」

「阿頭叫我把昨天的魚錢送去——他給龔金發他們拉去喝酒去了；順便告訴船主，要休息兩天。」

「什麼東西壞了？」

「沒有呀！哦——他說等我回來了再開船。」秦宇補充著說：「我想，大概是他懶得去找短工吧。」

「不會這麼簡單，」指導員摸摸下巴，喃喃道：「他一天不出去，就一天不舒服的！」

「我也是這樣說。」

「呃，你……」謝從敏抑制著一句幾乎要說出的話。但當他發覺秦宇默默的注視著自己時，他吶吶的將話岔開：

「你，你該走了！」

「你剛才要想說什麼？」秦宇低促地問。

猶豫了一下，他強笑著說：「沒你的事，你以後會知道的。」

「好吧，再見。」

走出屋子，秦宇先轉到妙壽宮去。在那個骯髒的攤棚裡，他被那已然半醉的蘇大傳一把拉著坐下來。

「好呀，」船長粗手粗腳的拉拉他的衣服，含糊地喊道：「你打扮得像個新郎呢——來，我們兩個人乾一杯！」

秦宇接著他遞過來的杯子，深摯地說：「你要醉啦！」

「我們不談這個！」船長擺擺手，忽然有幾分清醒的低聲問！「你什麼時候回來——呃，不要緊，我說過我要等你回來才開船的，他們……」

秦宇向旁邊謝阿保和龔金發他們望望。說：「最遲後天晚上。」

「你們聽見了嗎？」船長放開他，向那些人說：「後天晚上——我跟你們打賭，在他……」他用力拍著秦宇的肩。「在他回來之前，我絕對不出去！」

「沒人敢拉你出去呀！」龔金發再舉起酒杯。「來，大傳——我沒看錯吧，『馬路西』才轉出來，我就知道……」

眼看這些廢話一定要說個沒完，秦宇悄悄的站起來，可是，蘇大傳的手已經捉住他了。

「要走啦？」

「船主家我還沒去呢。」

蘇大傳忿忿地推開他。

「去！快點去——跟他說我要停兩天船！」但，秦宇才轉身，他又將他叫住！「呃，順便代我——」

「……」

瞟了這位衣服穿得整整齊齊的助手一眼，「金發號」的船長忽然絕望地將頭低下來，他用一種重濁而怨恨的聲音叫道：

「算了算了！你走吧！」

「……」

「走！如果你後天晚上不回來，就永遠不要回來！就算回來了，你也別想看得見我！」秦宇溫暖地笑了。他走出攤棚，向妙壽宮左邊的巷子走過去時，還聽見蘇大傳在嘵嘵不休的咒罵著……

十六

在船主林金水家那半掩的大門前，秦宇習慣地輕輕的敲了幾下。

沒有人答應。

他又敲了幾下。

依然沒有人答應。

他退後兩步，再向這間樓房端詳著；發覺自己並沒有找錯人家，而正要過去重新敲門時，那扇門被人打開了。

「啊……」他的手很快的放了下來。他看見一位短髮，穿著一套淺色花布裙服的女孩子站，在門邊，正在帶著點驚訝的神態注視著自己。於是他露出淺淺的笑容，低聲問：

「請問林先生在家嗎？」

從打開這扇門，發現這位「外省人」站在門外開始，林秋子便陷在一種怔忡不安的感覺中；最初，由於他已換上整潔的衣服，她幾乎要認不出他來了——雖然她只看見過他幾次，在碼頭上，而且只是短短的一瞥；但她馬上便知道是他了。她震顫了一下，微微將身體退後一點。

現在，她聽到他在發問了。

「是的，」她用發音正確的國語回答：「請進來吧。」

秦宇走進來，等到林秋子重新掩上板門，他才跟在她的後面，進入客堂。「請坐。」她慇懃地向這客人說，然後有點慌忙的由走廊走入內室。

秦宇望著她的背影，心裡想：這女孩子倒是蠻清秀的。她是什麼人呢？船主的女兒嗎？一個奇怪的念頭瞬即否定了他這個推測，船主的女兒是一個矮小而有點肥胖的人，可能還是塌鼻樑，至於她的嘴唇和那並不整齊的牙齒……

他幾乎要笑起來。

「那麼，」他接著想：「是他的親戚？客人？或者是下女？」

他很快的便同意了最後的那個想法，因為謝從敏告訴過他，安平的女孩子有三四百人是在臺南做事的——在機關裡做下女，在冰室裡當女侍，在撞球場裡擔任記分員等等。

而林秋子端著一杯茶走出來了。

「秦先生，請喝茶。」她微笑著將茶杯放在他身旁的高腳几上。然後退到神案那邊靜靜的站著。

「妳怎麼會認識我的？」他困惑地問。但，他馬上又懊悔自己為什麼要問這句話——你不認識人家，就不見得別人不認識你呀！而且，她主人在家裡有時也會提起來的吧！

他裝著喝茶，抬起頭望望她，正巧和她的目光相遇。

林秋子怯怯的逃開他的眼睛，止不住心跳起來。當她要想返回內屋時，他用柔和的聲音說話了。

「林先生還沒有起來？」

「不，他馬上就要回來的。」她鎮定的回答。

他看看腕上的錶。

「如果您有什麼要緊事……」她問。

「哦，我要趕中午的火車回臺北。可是……」

林秋子微微的怔了怔接著說：

「那麼您就關照我好了，我會對他說的。」

「也好！」他站起來。謹慎的將錢掏出來，小心地數給她，然後說：「蘇船長要我給林先生說，他也許要休息兩天。」

「好的。」

「麻煩妳啦！」

「您用不著客氣。」

「妳的國語說得真不壞——不是外省人吧？」

「……」林秋子會心的笑了。等到她送他出了大門，他再叮囑一遍時，她有意將聲調提高了一點說道：

「您請放心，我會告訴我父親的！」

「啊……」秦宇惶惑地低喊起來。他有點歉仄地注視著她，微張著嘴，霎時間變得無所適從了。

她顯然是窺破了他的心意，依然端莊嫻靜地微笑著。

「秦先生，再見。」含有點捉弄的意味，林秋子輕巧的說，然後將大門掩起來。

直至她聽到那個「外省人」的腳步聲走遠之後，她才懷著微微激動的心情，回到客堂裏。

老乳母看見她走進來，便詭譎地笑著問：

「他是什麼人？」

「就是金發上的那個外省人呀！」

「噢！」老乳母喊道：「我還以為是從高雄來看妳——的呢！妳看他那身打扮，誰敢相信他是個討海的！」

林秋子不響，呆呆的望著她的乳母。

十七

秦宇回臺北去的那個颳著風的晚上，不幸的事情終於來了——它的腳步永遠是走在前面的。不過，安平的人們直至第二天的中午才知道這件事。

這天，秦宇剛離開這已經喝了不少酒的蘇大傳，許德仔跟著來了，他自管自的在船長的身邊坐下來，沉鬱地喝著酒。當然，蘇大傳最了解這位憨直的舊伙伴。「又有什麼麻煩啦？」他大聲問。

「他們說我笨手笨腳，不中用！」許德仔率直地唸道：「打不到魚就，就要怪我！」

「不中用？他們瞎了狗眼！」船長激怒地站起來。「這話是誰說的？我找他去！」

他們隨即七手八腳的將他按住。

順源阿保抓著這個機會，冷冷地說：「你用不著這樣啊，大傳！德仔的手腳怎麼樣，我們還不知道嗎——他實在是不高明呀！」蘇大傳出其不意的伸過手去捉住謝阿保的衣襟，猛力將他提起來，威嚇地命令道：

「說，說德仔很高明！」

「沒有根據呀！你叫我怎麼說呢？」

蘇大傳皺皺眉頭，打了個酒嗝。

「你敢打賭？」

「廢話嘛！」

「好！」他推開謝阿保，堅決地說：「我們下午一起出去，德仔幫我，如果回來時沒有你的多——我的統統給你！」

於是，他們先將他們的助手打發到船上去，然後繼續喝酒；等到那兩個也不十分清醒的助手再回來時，他們比往常早一點，搶著出海了。

可是，「金發號」和「順源號」到第二天的中午，還沒有回航。

這個壞消息驚動了整個安平，漁會的門前擠滿了人。

「我們已經派船出去找了，我想不會發生什麼的。」總幹事吳讚成不斷的向那些詢問的人重複著這兩句話。但，他仍掩蓋不住神態上所顯示的那種焦灼和不安。

他們並不滿意這種回答。而妙壽宮食攤的老闆顏乞食以一個目睹者的身份接嘴了。

「他們都喝得差不多了，」他比劃著手勢說：「起先大傳好不大願意——呃，我在做菜，聽不大清楚；後來，德仔來了，他們忽然吵起來……」

「廢話！這跟喝酒又有什麼關係？」其中一個漢子打斷他的話，接著說：「我看是機器的毛病，『金發』上不是換了狄塞爾了嗎？大傳和德仔都不會修呀！」

「那麼順源又是什麼毛病了呢？」

「這很難說……」

「我想，完全是因為昨晚風力太大……」

這些人三個一團，五個一堆的談論著，最後大家似乎都獲得一個結論——只有等那些去找的船回來，才能知道實情。於是，有事情的漸漸散去了，只剩下那一羣已退休的老漁夫們留在那兒。

在漁會的辦公室裏，龔金發像是在躲避著什麼似的，頹然坐在牆角的椅子上。等到外面的人散去之後，他才昏亂地走出來，他本來要想向港口走去——他看見林金水和謝天來向那邊走的，大概是希望能比內港的人早一些看見他們的船回來吧，可是當他經過妙壽宮的廣場時，忽然變了主意，在食攤裏面坐下來。

「拿瓶酒來！」他沉重地叫道。

顏乞食親自將一瓶紅露酒拿過去。

「你看，像昨天那回事，」顏乞食一邊替他斟酒，一邊找尋發洩地說：「剛才我在漁會跟他們說了，他們還當我在嚼舌頭呀——你不是也是在這兒陪大傳他們……」

龔金發用力捶著桌子。

「閉嘴！」他顫聲制止道。

攤主吃了一驚，退後一步，發覺客人的臉色不大對，便悶聲不響的走回爐邊去了。

直至黃昏，那幾條派去找尋的船才拖著「順源號」回來。

謝阿保才踏上碼頭，便被那些急於要想知道實情的人羣圍住了，他疲乏不堪地用手掌撫著臉，沙啞地說：

「我們下了火桶，開始拖網的時候——呃，那時候風浪很大。忽然聽到金發上有人叫，船上燈又熄掉了，我以為大傳在開玩笑，我跟他打賭呀！後來，才發覺連機器聲音都停了，我把船開過去，不見他們的船，喉嚨都喊破了，還是沒有聲音，我才知道是出事了——就這樣，我一直到今天早上，把船上的油都燒完……」

這個時候，有人從外面擠進人堆裏來。

「阿保！阿保！」

「蝦背」發狂地叫著。他撲上去，軟弱地緊抱著他的孫兒。等到他完全回復了過來，謝阿保才敢抬起眼睛去望那一直在注視著他的林金水，痛苦地嗄聲說：

「我們撈起『金發』上的曳網——在我的船上。」

林金水不響，楞了一陣，他遲鈍的扭轉身，悄悄的走了。

搜尋「金發號」的工作又連續了兩天，依然毫無所獲。漁會除了分電各地漁會，要求出海的漁船隨時注意海上的漂流物之外，顯然是無能為力了。

十八

秦宇在臺北並沒有將事情辦好——因為更正的手續是十分麻煩的，更因內心一種奇怪的預感而急著在第三天早上回到安平來了。

為了害怕驚醒謝從敏，他放輕腳步走進屋子。

但，這位徹夜未眠的指導員仍靠在床上。

「啊！我還以為你在睡著呢！」秦宇將旅行袋摔在在自己的床上。這才發覺床頭小几上那隻裝滿了煙蒂的煙缸。

他疑慮地盯著謝從敏。

謝從敏低下頭，捻熄了手上的香煙，瘖啞地說：

「『金發號』失蹤了。」

有半分鐘秦宇說不出話。後來，他用一種不敢置信的聲音囁嚅地問：「他不是說過要停兩天船的嗎？」

「是的，他說過的。」

「那一天發生的？」

「你走的那一大晚上——找了整整三天了！」指導員搖搖頭。「他們在海面上只找到了『金發號』上的曳網和一些漁具……」他望望秦宇，繼續勸慰地說：「工作問題你用不著擔心，我會在漁會裏替你設法的。」

「我並不擔心自己啊！」他不快活地叫道：「你知道我心裏想什麼？」

「……」

「他們是不會死的。」他帶著點熱望的神情說。

「誰都不希望他們死啊！」秦宇漠然地在床邊坐下來，思索著。忽然，他用奇怪的聲調問：「我可以租到一條船嗎？」

「這未免言之過早吧，」謝從敏老實的回答：「還沒有人敢將一條漁船交給你呀！」「我不是這個意思！」秦宇認真地解釋道：「我願意出任何代價，只租用幾天，當然，我並不是要去打漁……」

「去找他們？」

「嗯。」

「這不太渺茫了嗎？即使他們在漂流，照風力計算，已經在百浬之外了——而且，還得忍受饑餓寒冷，萬一碰到鯊魚的話……」

「我並不這樣想，我有一個預感；我以前很少有這一類感覺的！」秦宇固執地說。「好吧，我們去試試看吧！」謝從敏連忙下床，來不及漱洗，便和他一起到後面李靖仁家去。

在那間新蓋的樓房的樓上，李靖仁耐心的聽著謝從敏說的話，然後他望望旁邊的秦宇。

「我看沒有這個必要吧！」他用臺灣話說。

謝從敏將他的意思向秦宇解釋，秦宇直截地喊道：

「我只問租一天要多少錢！」

李靖仁笑起來，他摯切地說：

「不是錢的問題！再說，大傳也是我的好朋友——你堅持著要去，我就陪你去好了。」

「多謝多謝！」秦宇感激地向他伸出手。

「不要這樣說，我也是喜歡有義氣的朋友的！」這位長方臉，和善，相貌使人樂於親近的船長緊握著對方的手。問：「馬上就走嗎？」「他們也許在等著我們呢！」

十九

茫茫的海洋中，僅憑著一種下意識的指引而茫然找尋是十分令人絕望的。但，這種作為使安平的人們非常感動，雖然他們不能為這個工作貢獻出點什麼。

當這天「海靖號」回航，在碼頭上靠了岸時，李靖仁拍拍秦宇的肩頭，安慰道：「你還是早些休息休息！我們明天早點出去。」說著，為了怕對方難堪，他跳上岸走了。秦宇在舷邊站著不動，他向自己說：明天是最後的一天了……

在船上再停留一些時候，他憂愁地跨上碼頭。

「你不要逃，不要逃呀！」一位頭髮散亂的婦人尖聲叫著，顛躓地追上來。

秦宇停下腳步。那位老婦已經站在他的面前。

「他是你的替死鬼呀！你為什麼要逃呢——好！你逃吧……」她痴笑著，揮舞著她的雙手，在他的身旁走來走去。

「——我的德仔不會放過你，水仙王要差……呀！蝦兵蟹將，咚咚……」她機械地唸著，在他的面前繞了兩圈，便向前面走過來的行人迎上去了。

「咚咚——啊，水仙王的蝦兵蟹將……」

那些孩子們又畏怯又好奇的跟在她後面。

整個晚上，秦宇被這個瘋婆子——許德仔的母親的影像困擾著，耳邊隱隱的聽到那種令人顫慄的笑聲……

他想到蘇大傳的母親。他準備明天晚上（當找尋的工作有個結果之後）去探望探望這個可憐的女人。

第二天早上，「順源號」和陳福裕的「辰興號」等九條漁船自動的加入這個原先僅有一條船的搜索隊，按照他們預定的區域出海。女人們則虔誠地到她們自己的廟裏求神保佑他們……

他們在海上搜尋著，時間一分一分的過去，他們的心隨之一分一分的收縮起來……

黃昏之前，「海靖號」已經放棄一切希望，打算回航了。秦宇忽然爬到機器室的頂上。

「這裏！這裏！」他一手抓著短桅，指著前面顫聲嚷道：「水面上有東西漂著！」

李靖仁急忙拉右舵，漁船向那個方向駛去……

秦宇神情緊張地跳下來，俯在船頭上。

「啊……」駛近水面上漂浮的那一堆烏黑的東西時，他低喊起來：「——是個浮屍！」

「海靖號」再折回來，將船在屍體的旁邊停下來。秦宇顧不到屍體所發出的惡臭，他伏在舷邊用手去翻過他那伏在水面上的，已經腫脹起來的身體……

「噢！」他驚駭地叫著，連忙痙攣地收回他的手，急急的扭開頭。

那具面孔已經開始腐爛的屍體左右晃動著，又回復原來的姿態。

「是許德仔！」他痛苦地嗄聲向走過來的船長說。

將屍體運回安平，天已經完全暗下來，其餘的船差不多都回來了。那些熱心的漁民將屍體抬上碼頭之後，秦宇感激的緊握著李靖仁的手。

「我不知道要怎麼樣謝謝您，」他誠摯地說：「就算大傳已經死了，他也會……」

「我們明天不再——」

「不了！」秦宇截住他的話。「我看，不會有什麼希望了！」

「那麼你打算怎麼樣？」

「我打算離開安平了！」他痛惜地回答。

「海靖號」的船長凝望著他，低聲問：

「我的船不好嗎？」

「……」

「我正需要一個助手，」李靖仁用不純正的國語說：「所以我希望你能夠留下來。」

「謝謝您。」秦宇激動地問：「明天就開船嗎？」

「讓你休息一天吧，這兩天已經把你累壞了！」

「謝謝您。」他重複著，然後上岸到蘇大傳的家去。

二十

過了幾天，安平人對於蘇大傳的失蹤，漸漸變得有點漠不關心了，雖然他們的心中免不了有些悲痛，和一種對於冥冥中的神秘者發生的敬畏；他們由這條「蠻牛」的失蹤想到「那連屍都找不到的」蘇火塗。

「完全是走的一條路呀！」他們這樣說。而其中一些硬要在他們父子兩人的「命根子」上找出究竟是犯了什麼忌，得罪了什麼神煞。

至於在秦宇的心裏，這件不幸的事情始終是那麼糢糊而又那麼明晰的在他的心靈中呈現著，使他有一種說不出抹不掉的自責和抱憾之感；這並不是說，他認為自己應該留在船上，和蘇大傳一起失蹤——，他總是那麼肯定的想，假如他並沒有去臺北的話，那麼這件事情是絕對不會發生的，最低限度，它的後果不至於這樣令人絕望。

關於這一點，謝從敏不斷的勸他放棄這種思想，他列舉出好些事實和理由，證明這種意外是人力所無法抗拒的，他這樣只是徒然使自己變得消沉下來而已。

「而且，」這位拘謹的指導員說：「現在只要等他的失蹤滿三個月，他母親就可以照保險辦法的規定，可以分期領到三十九個月的死亡給付。」

「……」

「許德仔的保險費也發下來了，不過，他的母親……」

秦宇急急的從椅子上站起來。

「讓我單獨出去走走……」他含糊地說。

「也好，」謝從敏點點頭。「別老是想著這件事呀，你就不可以當他是出一次遠門嗎！」

「是的，漁船每一次出去，都像是出一次遠門！」

走了出來，他本來要想見見他以前的船主——林金水，後來又改變了主意，順著公路兩旁的樹蔭走過去。

他沉鬱地走著，一面要想努力捉住一個比較切實的思想。但，他似乎愈來愈失去這種能力了。他走著，帶著幾分愁悶煩燥的情緒，斜陽從他的身後將他那長長的身影投在面前的碎石路上……

忽然，他惱恨地揚起頭，這才發覺自己已經走了很長的一段路。他望望前面暮色迷濛的臺南市，自語道：

「我怎麼不到臺南去走走呢？」

於是，他又開始繼續走起來。

臺南中正路一帶的夜市，永遠是那麼喧鬧的，他在一家窄小而擁擠的四川食堂裏吃了點麵食，而且還特意喝了兩杯酒，所以當他離開那個地方時，已經微微帶點酒意了。他在那幾家電影院的門前徘徊了一陣，突然被記憶裏一種奇異的力量引開了，就像那一次他陪蘇大傳來買禮物一樣，他循著那條路走著，不時在一些商店明亮的櫥窗前面停下來，端詳著裏面陳列著的貨品……

最後，他在轉角上那家拍賣行的櫥櫃前站住，向那位女店員說：

「妳替我將它拿出來。」

「先生，拿什麼？」

「呃……」他淡然的笑笑，用手指示著：「就是，那一條手鍊——右邊的……」

女店員將那條金黃的輕金屬手鍊遞給他，補充道：

「不會掉色的！剛到臺灣的時候，我們賣過一百多塊錢一條，現在……」

他不響，只是專注於手上的那條鍊子。他記得這條和他替蘇大傳所買的那一條是相同的，於是他照牌價付了錢。

「用不著包了！」說著，他走出拍賣行。在門口，他突然不明白自己為什麼要去買這條手鍊了。

「我喝醉了吧？」他異常清醒地問自己，然後細心的把玩著手上的手鍊。「它對我有什麼用處呢？」

他譏誚地笑了。抬起頭，他止不住低喊起來。

林秋子十分安靜的站在他的面前，看她的神情，像是已經注意了他很久似的。她望了望他手上的東西，向他點點頭。

「秦先生。」她柔和地笑著問：「買東西嗎？」

「哦，是林……林小姐，」他連忙將手鍊塞進褲袋裏。

「——妳呢，也是來買東西？」

「不，我才從高雄回來。」她又關切地問：「聽說你已經到『海靖號』上去幫忙了？」

他點點頭，為了害怕對方提及蘇大傳，他將話岔開：

「妳現在要……」

「要回安平去了——你還不打算走嗎？」

林秋子這種誠摯的意態使秦宇初見她時那種拘謹驟然消失了，他注視看她的臉。

「妳還沒吃晚飯吧？」他低聲問。還沒等待她回答，便接著提議道：「我請妳的客，然後我們一起回去。」

「……」

「走吧，妳喜歡吃內地菜嗎？」林秋子終於和他一起走了。她一邊走，一邊回過頭去偷窺著他，他這種低沉的，率直而肯定的音調還在微微的震顫著她。

「這是一件多麼奇怪的事情呀！」她在心裏喊道：「我怎麼會跟著他走的呢？」

她忽然想起，在這些日子裏，她時常幻想著這件事——尤其是從那次他來拜訪之後。不過，她從來沒有想過，他們之間會發生些什麼事情；她總以為，這是不可能的，而且，當「金發號」失蹤，他到別的漁船上去工作之後，連她那深藏心底的，僅有的一點點少女所特有的想望，也變得更加渺茫了。

但，一切都出乎她意料之外，這事情來得太突然，幾乎使她有點措手不及。剛才她跳下長途客車，正想趕到車站去的時候，沒想到會碰見這位在喃喃自語的「外省人」，而最使她驚語的，卻是自己竟然跟著他走起來。

「我們到別的地方去吧！」在一家廣東飯店的門前，船主的女兒忽然低聲要求道。

「我對臺南並不十分熟悉呢，我知道除了這幾家，便找不到別的內地館子了。」

「那麼我帶你去。」

秦宇順從她，跟著她向中正路上段一家冷靜的名字叫「清月」的日本料理店走去。在門口，秦宇望望掛在兩邊的紙燈籠，不解地問：

「就是這兒嗎？」

林秋子淡淡的笑著點頭。

「這裏比較清靜一點，」她解釋道：「那邊太鬧了，而且客人又多！」

「這有什麼關係呢？」

少女深情的瞟了他一眼，抱怨地嗔聲道：

「可是，一個女孩子第一次跟一個男人在一起，……」說著，她低下頭，用手像像的接開那幾幅低低的布簾，走進去。

那位肥胖的店主人站在潔淨的小廚裏，用抹布習慣地來回揩拭著那塊檜木砧板，看見他們走進來，連忙大聲來招呼著，張羅著茶水。

林秋子熟練的點了兩個「親子井」和兩碗日本人吃飯時不可少的「味噌湯」。她回過臉來，發覺他在望著自己，含著另一種意味。

「你望什麼？」她笑著問。

「妳剛才替我點了？」

「是呀！你不是……」

「我已經吃過了。」

「哦！那麼……」

「不要緊，」他阻止她。「我可以陪陪妳吃，要不然，第一次跟男人在一起吃飯就單獨吃，不好意思！」

她羞怯的逃開他的凝視，當她抑制住那過度的喜悅，緩緩將頭抬起來時，秦宇忽然問：

「妳是養女吧？」

這句沒頭沒腦的問話，使林秋子楞了好一陣。而他又用原來的聲調說話了：「我總覺得妳父親生不出像妳這樣美麗的女兒。」林秋子鬆下一口氣，臉色隨即紅起來。

「那麼你怎麼知道我母親不能夠呢？」她含情地反駁道。

「啊，是的，我倒忘了。」

她被他這種認真的神氣逗得笑起來了。「你先前喝了很多酒吧？」

「但我敢擔保沒有醉！」他向她湊過頭去問：「是不是我剛才說的話有點……」

「不是，那天你在我家裏也是這樣的。」

「哦——我想起一件事，」秦宇低喊道：「那天，妳知道我是怎麼想嗎？很可笑，」他望著她。

「我曾經以為妳是船主家的什麼親戚，或者是……」

「所以我的話嚇了你一跳？」

「嗯，我記得後來我連望都不敢望妳一眼。」

「——而且還在門外面站了好些時候！」

秦宇接觸到她那挾著點調侃意味的偵伺的眼色，於是便和她一起會心的笑起來。

那位兼任廚師的店主人捧著一隻木托盤來了，他小心翼翼地將那幾碗食物放在他們的面前；然後笑著，點著頭，挪動他那笨重的身體走開了。

他們開始吃飯，繼續低聲談著話，不時有淺淺的笑聲傳出來。由於林秋子不斷的詢問，秦宇告訴她一些工作方面的情形；有兩次話題突然轉到已失蹤的蘇大傳身上，但秦宇故意將它避開了。

「那麼關於妳的呢？」當他自己的話告一段落之後，秦宇向那位始終在靜靜傾聽著的少女發問。

「我的事沒什麼好說的，」少女輕喟地說：「父親送我到高雄去住讀，寒假暑假回家一次；今年高中畢業了，我不想再去唸大學，這是因為我捨不得離開我的父親，當然，我也捨不得離開安平。」

「沒有別的了嗎？」

「你說。」

「妳叫什麼名字？」

「啊……」她微微笑起來，說：「就像這裏一樣！」

「我不懂妳指的什麼。」

「有一股日本味道——叫做秋子。」

「秋子，哦，秋子。」他重複地唸著。

「你喜歡這個名字？」

「這個名字很雅，是嗎？」他回答：「我最怕聽那些春桃呀，美紅呀，阿杏阿嬌這一類的臺灣名字。」

付了賬，他們走出來，帶著這個愉快而永遠不會厭倦不會結束的話題搭乘最末一班車子回到安平。在分別的時候，他們幾乎是同時的提出下一次約會的時間。她說要帶他到「億載金城」[1]去。

1 億載金城：安平的名勝古蹟之一，位於安平南方兩里。俗稱大炮台。清同治十三年，日本藉口護僑舉兵侵略臺灣，當時欽差大臣總督沈葆楨，為防衛安平港，由內地運來磚石，建築礮台，城門額的「億載金城」和內門額的「萬流砥拄」等字便是沈葆禎所題。

二十一

第三天的早上，秦宇比他們預先約定的時間早一點，便已經在渡口徘徊著了。那天晚上他回到住處時，謝從敏還埋首在書桌上寫些什麼——他似乎是不願意讓別人知道似的，當他發覺秦宇帶著那仍停留在嘴邊的笑意走進來，他連忙整理桌上的東西，鎖進他的抽屜裏。

「你繼續寫你的吧，我發誓不再偷看！」

「我已經寫了不少了，」這位有點過份謙虛的指導員移轉他的椅子。「其實，這不是秘密，我總有一天會給你看的。」

秦宇忽然思索著說；

「保留著自己一點秘密，不能算是一種不可饒恕的罪惡吧，」他用奇怪的眼色注視著謝從敏，「——你覺得在隱藏的本身，就是一種快樂嗎？」

謝從敏因為聞到酒味，最初以為他喝醉了，不過，立刻又否定了這個想法。醉的人是說不出這種話的，那麼，他黃昏前的悒鬱和憂愁都到哪兒去了呢？現在，看見他已經脫了衣服，睡到床上去了，於是低聲詢問：

「你到臺南去了？」

「嗯，還喝了兩杯酒，不過，我先聲明，我的酒量不是兩杯臺灣威士忌可以灌得醉的！」

「喝完酒呢？」

「……」他有意味地笑著，望望問話的人。「我總有一天會告訴你的。」

現在，他看見林秋子在前面走來了。

她穿著一套蘋菓綠色的細花裙服，腰部有兩條用同樣的布料做的帶子緊繫在身後，身上披著一件鵝黃色的毛衣；腦後，掛著一頂寬邊的大甲草帽；而腳上，卻穿著白色的短襪，和一雙平底黑皮鞋，由於她手上提著一隻大概是在學校裏裝書本的篾織的籃子，背上掛著一隻水壺，所以走起路來，一搖一擺的，顯得十分困難。

「哎，把我累死了！」她喘息地問：「我來遲了吧？」

秦宇看看腕上的錶。

「正好，你很守時。」他打量著她。「妳把全副學生的裝備都帶來啦！就差沒穿制服。」

「可是這種裝扮，在安平已經夠時髦的了。」

「哦，還差一樣！」他突然想起昨晚買來的那條手鍊，於是他急忙將它從褲袋裏取出來，替她扣在左手上。

她馴服地讓他這樣做，因為她知道自己一定拗他不過的，可是當她發現那條手鍊竟然和蘇大傳送給她的那條完全相同時，她驟然感到忐忑不安起來——它彷彿是象徵著一個不祥的預兆似的，使她連望都不敢向它多望一眼，便將它從手上脫下來。

「你不喜歡它嗎？」他驚異地問。

「不，我很喜歡！」她勉強裝出笑容。「現在我捨不得帶它，我害怕會把它弄壞了！」

「那麼我們走吧！」秦宇釋然地提起地上的籃子。

晨霧漸漸消散了，空氣裏仍含著沁涼的水份；內港那邊開始有些早起的人在走動，木屐的響聲就像是一種有趣的節拍，將這個可愛的早晨的整個沉靜而安恬的時間，一段一段的分劃開來，宛如水上被那些跳出水面的小魚所掀起的漣漪一樣……

擺渡的人還沒有來，秦宇撐著竹筏渡過運河，然後由林秋子領著向一條兩旁全是魚塭的小路走去。一路上，林秋子始終沒說話！當秦宇在那些吳郭魚塭和虱目魚塭的堤岸上駐足，用小石子去驅散那數以千計，麕集在一起的魚羣時，她那種不安的情緒才漸漸平伏下來。

「妳釣過魚嗎？」秦宇回過頭問。

「釣過，在小的時候，」她回憶地回答：「我們時常到家裏的魚塭去釣那些斤把重的大魚，釣起來，又把它放回去。那時候我就跟一個最頑皮的男孩子一樣的野！」

「可是現在我一點都看不出來。」

「人總要長大的呀！」她正色地說：「再過些時候，你就知道了。」

那座古城離安平約莫有兩公里，構造的形式和中國古老的城池一樣，面積不大，聳著高拱的城門，城塹外面圍著護城河，上面整齊的橋欄倒影在碧綠的河水裏，別有一種難言的情趣。只不過它已經荒蕪不堪了，城頭長滿了野草。城門內住著兩戶人家，用竹籬隔著，只留出一條小小的通道。

他們走進去，一位老人從裏面的猪欄裏走出來。

「阿火伯！」林秋子向他招呼道。

「啊……」他望著她，思索著。

「我是秋子呀！」

「哦！」老人激動地放下手上的木桶，喊道：「是秋子！大得我都不敢認了啊……」他指指秦宇。「他，是不是，妳的——」

她急急的接住他的話：

「這位是秦先生。」

「就是在金發上的啊！」阿火伯連忙過去拉一把木欖，慇懃地說：「你們先坐，我去給你們燒茶水——午飯要留在這裏吃呀！」

「免了，我們帶了東西來的，你用不著管我們。」說著，林秋子示意地望了秦宇一眼，然後一起從豆棚後面一條快要被野草湮沒的梯級，爬上城墻。

在城拱的頂上，他們在前面一塊平坦的泥灰地上坐下來。

「這兒的風景很不錯吧？」她用手撥著頭髮，問。

秦宇用拐肘支著身體，斜靠在地上，他隨手在身邊折下一根馬尾草，眺望著前面的田野。

「就是太荒涼了。」

「是的，太荒涼了，」她淒然地說：「不過，在光復之前，還有車路通到這裏來的。喏，那邊，就是下面阿火伯的舊家，那時候他租我家的魚塭養魚。現在，他已經有將近一甲地了——世間的事變得真快！」

秦宇用手指去逗逗她的耳朵，她回過頭。

「可不是，」他深情地笑著說：「幾天前我們還沒有認識呢。」

「你認為太快嗎？」

「我沒這樣想，只不過覺得太奇妙了。」

「奇妙？」林秋子冷靜的注視著他，低聲說：「在我，也許已經等待十九年了！」

等到秦宇明白了她這句含蓄的話的全部意義，她已經有點傷感地將頭扭開了。

「秋子！」他愧疚地叫道。

「……」

「妳生氣了？」

停了停，她才用一種詰問的口吻問，仍然沒有回過頭。

「我問你，」她掏出那條手鍊。「你本來打算買來送給誰的呢？」

秦宇想要大聲的笑，但另一種強烈的情感將他的笑意淹沒了。他痛苦地掙扎著，用生硬的聲音回答。

「——我不知道！」

林秋子吃驚地回轉頭，她畏怯地又問：

「你已經有……」

「不是！」他急急的說：「我不知道自己為什麼會買它！我想，也許是由於我曾經替蘇大傳買過一條，送給他的女朋友作禮物的緣故吧！」

「哦……」林秋子震顫了一下，鬆弛下來。她將身體靠近他，溫婉地向他伸出左手，以半命令半懇求的語氣說：

「替我把它扣起來吧。」

秦宇抬起頭。在這短短的神秘的一瞬中，他們完全了解對方所含有的情意。他替她將手鍊重新繫在腕上；他握著她那柔軟的手，久久不放，直至她藉故要吃早餐的時候，它才急急的從他的手中逃出來。

二十二

阿火伯的兒子「爛目仔」當天晚上，就將秦宇和林秋子到億載金城玩了一整天的消息帶到安平去，添枝帶葉的在呂阿巧所開的鳳凰撞球房裏嚷出來。

這些支著腿，蹲在長櫈上閒聊的年輕漁夫們起先有點將信將疑，後來竟然放棄了那個「安平應該開兩家酒家」的話題，開始說長道短起來。

「就是金水把她送到高雄去送壞啦！」其中一個年紀比較大的感慨地說：「安平的女孩子，怎麼會跟一個半生不熟的男人，東走西走的呀！」

「秋子這丫頭不好，這話是不錯，可是那外省人小子，也沒有把事情做對吧！不管成不成，她總是大傳的人啊！」

於是他們批評起秦宇來。而且，從秦宇到安平來開始，他們就對他表示不滿——說不出理由的，後來完全是因為他在幫蘇大傳，所以這種不滿的情緒才漸漸平息下來，採取一種不聞不問的態度。而蘇大傳失蹤了，秦宇的僥倖激惱了他們，他們便將造成這不幸事件的一切責任，完全推到秦宇的身上。

「要不然，大傳不會出事的啊！」他們說。

總而言之，他們認為秦宇跟秋子在一起是件不合理的事情，好像他們有這個義務去阻止這件「丟臉」的事情發生似的。

但，事情的發展使他們更感意外：他們眼看著，林秋子在「海靖號」回航的時候，時常到碼頭上去；他們倆人在眾目睽睽之下談笑著；甚至並肩的，在通向海港的小路上散步……

這天中午下班之後！謝從敏一邊向家裏走，一面回味著今天他在漁會裏所聽到的流言。他想：他應該將蘇大傳和林秋子之間的微妙關係告訴秦宇嗎？但他又想到，這是毫無意義的，因為目前這事情已經成為過去了，他現在唯一要想知道的，就是這事情的真相。他有這個自信，秦宇一定會毫不隱瞞地告訴他的。所以當他回到屋子裏，看見秦宇已經起床，於是他對著秦宇在床邊坐下來，嚴肅地說：

「我要和你談一個問題。」

「是關於我和林金水的女兒？」秦宇敏感地問。

「嗯，你已經聽到外面的流言了？」

「我沒聽到，但我知道一定會有的。」

「那麼你為什麼不及早防備呢？」

「防備？我沒有理由要預防什麼呀——你說，戀愛，或者說我愛上一個女孩子，是一種罪過嗎？」

「你確信你是愛上她了？」

「誰說不是呢！」秦宇解釋道：「是的，時間很短——你還記得嗎？就是我單獨到臺南去的那個晚上。不過，我可以坦白的說，這絕對不是激情，因為秋子是一個很有思想，個性很強的女孩子……」

謝從敏點點頭，憂慮地接著說：

「但是問題並不在這個上面！」

「在什麼上面？」

「這個環境在和你為難呀！」

「你是說本地人對我……」他凝望著指導員的臉。

「誰能解釋他們這種心理呢。」

「我才不怕他們，隨他們說好了。」

「可是這不是解決事情的辦法啊！」謝從敏規勸地低聲說：「你認為這樣下去，對你會有什麼好處嗎？」

秦宇思索了一下，抬頭問道：

「你認為我應該怎麼樣？」

「這不是很明顯的嗎，」他直截地回答：「你對於這件事情，要馬上作個決定！」

「決定？」

「只有這個辦法最妥當！他們既然要說長道短，你就索性把事情公開，這總可以把他們的口堵住了。」

「你是要我向她家求婚？」

「還不是時候嗎？」謝從敏詭譎地笑了笑，說：「我告訴你，臺灣人是最講究這個的——假如你認為倉促，就先訂婚好了，在安平成家立業，不見得不是件好事情呀！」

「……」

謝從敏坐到他的身邊。

「別猶豫了，我早就替你前前後後的想過了——要做，就馬上做把握住時機。這情勢是越拖越糟的！」

「可是……」

「你用不著管，」指導員熱心地截住他的話：「一切由我包辦——你懂得我們家鄉謝媒人的規矩嗎？」

他們笑起來。

「那麼你準備甚麼時候上她家去呢？」秦宇問。

「你今天晚上——」

「要出去的！」

「明天早上回來聽好消息吧！」

二十三

當謝從敏在晚飯後去拜訪林金水的時候，老船主已經喝得有幾分醉意了。在這位指導員進來之前，他曾經和自己的女兒發生小小的爭執，結果女兒連晚飯都不吃便跑到樓上去了。他明白自己是非常痛愛她的，剛纔說的話一定是傷了她的心；但他又覺得，愛她和傷害她應該是兩件互不相干的事。

現在，他慇懃地讓客人在對面的椅子上坐下來，對方還沒開口，他已經猜透了他的來意；所以當老乳母端上茶，謝從敏正要找句合適的話——因為他並不是一個會說話的人——開場時，主人搶先說：

「老謝，我希望你不是為小女的事情來的，因為我們都是很好的朋友，所以我害怕這件事會使我們大家不快活。」林金水頓了頓，接著沈肅地說：「你來這裏很久了，應該懂得我們臺灣人的風俗——總之，這是絕對不行的！」

「……」

「而且，我只有她這麼一個女兒啊！我們林家，還要指望……」船主歉仄地問：「你不會見怪吧？」

「這是甚麼話，」謝從敏吶吶地應道：「不過……」

林金水用手阻止他。

「我們能夠不談這件事嗎？請你原諒我再說一句：我絕對不會答應的。」

「媒人」尷尬地點點頭。事情已經完全絕望，無法挽回了，再坐下去顯然是一件難堪的事情，於是他只好站起來告辭。

主人謹慎地送到門口。重複著說：「改天我再向你謝罪，請原諒。」

「哪裏，打擾你了。」

這位對於這件事情始終沒說過半句話的客人走了之後，林金水陰鬱地回到客堂裏，他開始感到事態的嚴重了；因為他沒有想到，它的發展會比自己所預料的更快——你看！他惱怒地對自己說：

「居然要來說親了！給街坊上知道了，成個甚麼話啊！」驀然，他想起蘇大傳，於是他嘆息起來。「如果他不是這樣的話，我正好借這個機會提出來——他不會不答應的，就算他不願意，他也會替他母親的後半世想想呀！不過，他一定肯的，他懂得孝道；而且，他跟秋子一起長大的，聽說大傳不是時常寄些東西到高雄去給她的嗎？」

他露出一點笑意。喃喃道：

「她母親也是很喜歡大傳的……」

正當他幻想著蘇大傳入贅林家是一件最理想的事情，而為自己暗自慶幸時，林秋子清醒而鎮定地在黑暗的梯級上出現，靜靜的走下樓……

他適才為謝從敏的突然拜訪所起的昏惑，已然過去了；最初，老乳母將這消息告訴她之後，她久久說不出話，她幾乎不相信這是一件真實的事情；因為，她在事先毫無所聞，甚至連一點點暗示都沒有──她也知道，這未免太早了一點。但，當她想起父親所說的一番話，她完全明白過來了。於是她激動地奔出自己的臥房，躲在樓梯的轉角，偷聽他們的談話。

她坐在梯級上，一面幻想著未來的種種，她漸漸感到自己的呼吸困難起來……而父親那種冰冷而肯定的聲音開始在樓下發出了。她傾聽著，極力抑制著自己，因為她曾經要衝到樓下去──去面對這件事？

說媒的人絕望地走了，她的心跟著沉了下來。經過短短的昏亂，她立刻想起「金發號」換機器下水的那天，老乳母所說的話。

「難道我會和我母親一樣，有相同的命運嗎？」她用一種並不信任的聲音問自己。她不能解答。但，那與生俱來的，東方人心中對於命運的那一點不可思議的神秘感，使她隨即聯想到蘇大傳和他父親的失蹤；他和秦宇所送給她的那兩條手鍊……

似乎這些都是有關聯的，命定的——一種預兆。

而老漁夫血液中那種執拗的本性很快的便使她堅強起來。

「我一定要和他們兩樣！」她向自己宣示著。

直至她完全回復過來，她發覺自己應該馬上到父親的面前，表白自己的心願——因為她已無法逃避這個問題了。

現在，她在原先謝從敏坐的椅子上坐下來。林金水注視著她好些時候，才發覺她這個人似的，他從喉管裏發出一種奇怪的聲音。

「呃——！」

「你剛才說的話，我全聽見了。」她開始平靜地說。

「哦……」父親移動了一下身體。

「你應該知道，我已經不是個小孩子啦！」

「難道妳已經大到連我都不能管了嗎？」

「我沒這樣說呀，」她分辯道：「我知道你完全是因為愛我，完全是為了我好，不過——時代到底是不同啦，你還用你年輕時候的老方法……」

「我不懂妳們什麼時代不時代，我沒有像妳們這樣好福氣，到新學堂去讀書！」林金水不以為然地叫起來：「我敢說什麼時代都不會叫女孩子到處去拋頭露面的！」

「這樣說我是做錯了甚麼事情了？」

「妳聽到外邊說的什麼話嗎？」

「他們說跟我有甚麼相干呢，」女兒溫婉地解釋：「假如我本身就不好，儘管他們怎麼說我好，我還是好不起來的呀！」

船主怒不可遏地站起來，但隨即又沉重的坐下。

「好！我知道我說不過妳！」他大聲喊道：「不過，我再告訴妳，我反對妳跟他在一起！」

「因為他是外省人？」她低聲問。

「嗯！就是因為這個！」他率直地回答。頓了頓，他驟然變得軟弱起來，他用慈愛的，攙雜著懇求意味的聲調說：「──妳想，他們以後是要回內地去的啊！妳就不替我想想嗎？我們林家……」

「啊！你是說要替我招贅？」

「這樣不是很好嗎？」父親走近自己的女兒，熱望地說：「妳可以永遠不離開我了！」

林秋子痛苦地低下頭。

「這是不可能的。」她冷靜地說。

「妳不願意？」林金水急急的顫聲問。

「我不是不願意！」林秋子抬起頭，困難地解釋道：「可是，事實上，這是不可能的啊！」

船主驟然失去一切力量，他遲滯地退回坐位上，頹然坐下來。很久很久，他才用一種像並不是由他的嘴裏發出的聲音說：

「好吧！我讓妳恨我吧！我要永遠堅持我的意見！」

林秋子從一個新的激動中站起來，以一種痛惜的目光注視著她的父親。

「可是，」她說：「我不會像我母規那樣，等待六七年，直到你最後像外公一樣改變你的主意——我會找另一條路走的！要不然，我希望任何人以後都不要提起關於我的事情！」

說完了話，她回轉身一步一步的走上樓去。

林金水驚惶地望著她……

二十四

「海靖號」在第二天的早上回航靠岸時，秦宇來不及起魚貨，便向早已臉色沉鬱地守候在碼頭上的謝從敏走過去。

「怎麼，情形不好嗎？」他低促地問。

「你先去把你的事情辦完吧，」謝從敏淡淡的說：「我得要慢慢的告訴你。」

秦宇無可奈何地回到船上去。等到他把工作做完，謝從敏領著他向前面通往墳場的那條僻靜的小路走去。他們一面走，謝從敏一面詳細的，將昨夜的情形向他覆述一遍，然後回過頭去望著他。

「這倒是件麻煩的事情呢！」

秦宇不響，困惱地用手摸著頰上的短鬚；忽然，他像是有所決定地停下腳步，自語道：

「我祇好親自去跑一趟了！」

「你以為會有結果嗎？」

「最低限度，我總可以將我的意思告訴他吧！」

「但，他不會聽的！」

「可是我會說的啊！」謝從敏不置可否地點點頭，喃喃道：

「我怕這樣大家會鬧得更不愉快。」

「這個你可以放心，我又不是去找他吵架！」他拍拍這位同伴的肩膀，說：「你在家裏等我，我不會在他那兒耽擱太久的。完事了，我們到臺南去痛痛快快的玩一天！」

於是，秦宇跨著大步向金城里林家走去。

院門是開著的，他走了進去，正巧林金水在這個小庭院裏閒立。

「林先生。」秦宇禮貌地向船主招呼著。

林金水楞了一下，漫應著。秦始用一種不容許對方插嘴的語調說：

「我是為秋子和我的事情來的。不管別人怎麼說，你怎麼想，我自問沒有做過甚麼錯事，當然，你的女兒也沒有。假如這次事情不發生，我是不會這麼快向你提出這個問題的，因為我們祇不過是比較談得來的朋友——」他伸手阻止船主。「我承認我很喜歡她。我想，這喜歡的本身沒有甚麼過錯吧？我現在惟一想知道的，就是你反對這件事的理由。雖然你的反對，在我來說，並不是甚麼了不起的事；但，我想知道，如果有需要解釋的地方，我一定能夠給你一個圓滿的答覆的——好了，現在我的話說完了，該輪到你說了！」

在秦宇這段話中，林金水祇是斷斷續續的，最多聽懂一半，但他已經領會了這裏面的全部意義。他望著這個外省人小子——他記起在好些好些年以前，他也表演過這個角色；所不同的，就是他說不出這樣長的一篇大道理，他是和那個「頑固的老頭子」爭吵得面紅耳赤，不歡而散的。在這一瞬間，他以為自己已經同情他了。但，他原來持有的那一份尊嚴和固執使他昂起頭，露出輕蔑而厭惡的神情，冷冷地唸道：

「反對就是反對——嘸理由！」

「連一點點都沒有？」

「嘸！」

「至少你應該說出一種，」秦宇沉肅地說：「要不然，你的女兒對你這種無理的反對，會怎麼想呢？」

「你講什麼？」

秦宇將話再重複一遍，船主悻悻地大聲叫起來：

「我不能夠將她嫁給一個外省人！」

「本省人也是也是從大陸來的，這不算是理由！」

林金水很想伸出拳頭去，狠狠的打歪他的鼻子。可是，他並沒有這樣做，他繼續用忿恨的聲音叫道：

「最低限度，我不能夠將她嫁給一個連船都沒有的人！」

這次，秦宇緘默了。他考慮了一下，心平氣和的說：

「好吧，等我弄到一條船再來和你談吧！」

這天晚上，秦宇在臺南喝得爛醉，一滴酒都沒喝的謝從敏在他旁邊照顧著他。在那家日本料理店裏，他自管自地喝著酒，讓那些擦皮鞋的孩子們擦過兩次皮鞋；為了害怕打擾，他連續的，買了五六張愛國獎券……

二十五

顯然秦宇和林金水的兩次談判，外間都毫無所聞；而且，那一年一度，由寒冷的大陸追逐暖流，橫渡海峽廻游到臺灣來的烏魚汛，漸漸迫近了。安平的漁夫們又開始忙碌著，及早作迎候（因為烏魚是路過的）的準備，所以也暫時失去談論這件事的閒情。

至於這位現在急於要得到一條漁船的外省人小子，他開始變得沉默了；他曾經想到過政府放領的漁船，但，當他從謝從敏那兒知道申請的條件時，他隨即又放棄了這個念頭。因為放領辦法的第二項的規定是：「直接從事漁撈有三年以上經驗者」；除此之外，惟一可以得到一條漁船的，只有向船廠購買這一途了。於是他向附近的幾家造船廠打聽，但，像安平這種五噸級的漁船，連同各種設備和漁具，最少也要三四萬塊錢，這並非他目前的環境所能辦得到的。

在這些苦悶的日子裏，林秋子仍然時常偷偷的，到一些僻靜的地方去赴他的約會，她安慰和鼓勵他；雖然她也覺得，這種等待十分渺茫，但她堅信他能夠將任何困難克服的，正如信任自己一樣。

現在，他們祇有盼望這次將臨的烏魚汛帶來奇蹟了。

烏魚羣終於來了！

這些每年都在嚴冬裏由中國大陸橫行海峽，廻游到臺灣南端凸出的尖角，產卵繁殖的烏魚羣，入東港之後，它們的生殖巢便成熟了，它們逐漸增加它們的速率；雌魚在前面疾游，雄魚在後面緊隨著，它們在那寒冽的海面上浮游著，翻騰跳躍，奔赴這神秘的自然一個不可思議的盛會！

從這月（十二月）七日開始，西伯利亞掃過來的寒流籠罩著整個臺灣，海峽的季風亦逐漸加強，這種壞氣候在那些有經驗的漁民看來，倒是一個令人興奮的好現象；因為他們明瞭烏魚的習性，祇有在這種氣候中，它們纔會在沿岸海水的表層出現。所以當九日茄萣鄉將消息傳來時，當天的晚上，全安平的漁船，都到海上列隊張網等候了。

他們在黑暗的波濤洶湧的海上……

現在，已經是午夜三時了，仍然看不見一條烏魚的踪跡。李靖仁和秦宇並肩站在舵位上，縮著身體，砭骨的寒風使他們不住的顫抖。

「怎麼還沒有來呢？」秦宇煩躁地又喃喃起來。

「但願不會有變故吧！」

停了停，這位沉默寡言的船長忽然問：

「聽說你自己要買船了？」

「誰跟你說的？」

「天祥船塢的侯老成。」

「他怎麼說？」

「安平沒有人願意聽他說的話！」李靖仁認真地說：「他是條黃鼠狼呀，誰惹著他誰就要沾一身臭！你那時假如告訴我的話，我可以替你介紹陳拐岸，他的塢就在安平營房那邊……」

「我祇不過是隨便問問罷了。」秦宇掩飾地說。

「你用不著瞞我，我明白你的心事——你別以為我從來沒和你談起這些事，其實，我統統看在眼裏。」

「……」

「林金水女兒這件事，」船長繼續平靜地說：「我知道對你的影響很大——你千萬別怪這些安平人，他們都是沒有受過什麼教育的——我是指那些說閒話的人。他們生活得太無聊啦！

前幾天又嚷著開什麼酒家的，從前有過例子，開了沒幾天就關門大吉了。沒法呀，那些查某天天哭哭啼啼的到那裏去找丈夫，找兒子。他們連他們自己，都不知道為什麼要說這些閒話！」

「我沒怪他們。」

「這就對了！林家的事，如果有什麼困難，我可以替你盡點力的；那老頭子雖然頑固，但是他是個好人，就跟陳教額一樣，誰都敬重他們的。」

秦宇仍然沉默著，凝望著前面遍海忽隱忽現的漁火。

「——這是林金水的主意嗎？」

對方還沒回答，船長忽然伸手去按住他，緊張而低促地喊道：

「你聽，有聲音了！」

秦宇傾聽了好一陣，才從風浪的囂吼聲中，隱隱的聽到一種沉悶而嘈雜的聲響……

「是他們嗎？」他問。

「當然啦！」李靖仁興奮地回答：「去！去開慢俥！」

照一般的情形來說，捕撈烏魚大多是使用巾著網和旋網的，但安平的漁船，除了其中幾艘有鏢臺設備之外，幾乎全以延繩釣為主；在這個魚的海（魚羣佈滿海面）上，雖然用無餌的空鈎，也會將魚釣上來，可是，這種速度太慢了，所以他們都為了這個「一年靠一冬」的烏魚汛，準備了一隻小曳網。

烏魚羣接近了……

他們迅速的下了曳網，逆著魚羣前進。但，很快的，引擎的聲音沉重地慢下來，漁船被網拖住了。

李靖仁連忙機警地推開舵把，將漁船回過頭來。因為下網後沒有魚入網，固然是一件令人沮喪的事，可是入網過多，麻煩卻跟著來了；魚羣往往將那些堅固的魚網擠破——只要有一節網環被擠斷，這副網在轉瞬間便完全被毀了，結果是連一條小魚也抓不起來。而在這種時候，時間就是一切，魚羣是沒有這個義務去等待漁夫將魚網補織起來的。

「停俥！」船長大聲喊看，慌忙地回轉身去解開底網的曳網，向從機器室裏爬出來的助手命令著：「卡緊！卡緊！用竹竿去趕開那些魚！」

被兜在網套裏的一部份烏魚被趕開了，他們隨即收起底網，將曳網拉起來。

李靖仁拿起一條烏母，用手摸摸它那鼓脹的腹部。

「這副魚子最少也有十兩重呢！」他自語著說，然後將它投進魚艙裏。

接著，他們利用這種方法起了兩網。

當他們將第三網的曳網拉近漁船時，浮在水面上的魚網突然劇烈的顫動起來，猛力拉扯著曳網……

「放繩！放繩！」船長緊張地叫著。

但，已經來不及了，一條五、六尺長的鯊魚用它那銳利如刀的尾鰭把魚網割開一個大口，翻躍出海面……

「啊！是條鯊魚！」

「賽伊娘！」船長切齒地詛咒著：「我就知道是它！這些傢伙和那些旗魚一樣，老是喜歡盯在後面——也來趕拜拜呀！」

拉起那隻空空的破網，他們互相望望。

「我們試著用用蝦曳網吧！」秦宇提議道。

「那怎麼成！它不夠結實呀！」

「我是說把它搭在船邊。」

「搭在船邊？」

「喏，」助手用手比劃著。「先把網頭（有浮子的那一頭）縛在船邊，將另一頭放下去，然後將船橫著開，正好攔著它們，再把底網拉起來——這樣，如果太多了，我們可以用手趕！」

李靖仁同意了這個聰明的辦法，於是便開始操作起來……

第二天的早上，「海靖號」走得慢慢的，和其他的漁船一起滿載回航……

晚上，那些帶著幾分酒意，裂著嘴笑的安平漁夫們，又緊跟著出海去了；那些娘兒們還在忙碌地剖開魚腹，取出那肥滿的魚子。

而「海靖號」卻孤獨的泊在岸邊……

二十六

連續三天，由於漁獲量的激增，市場上的魚價開始下跌了。漁民們的憂慮是雙重的；一方面擔心漁獲不豐，一方面又害怕漁獲過多而影響市價。

但，一個更大的憂慮降了。

十五日的早上，天氣突然轉晴了；中午的氣候，就如同夏日一樣令人感到困倦，有經驗的老漁民望著天色，眉頭緊緊的皺起來。他們在心裏說：「今晚的情形要變了！」

果然，這天晚上安平的漁船在海面上，連一條烏魚都沒發現，第二天空著船回來。而這種令人發愁的情形繼續著九天，直至廿三日的深夜，這些絕跡已久的烏魚羣又隨著寒流浮游到海面上來……

這天早上，當「海靖號」昨夜漁獲的近六百尾烏魚在市場上拍賣之後，李靖仁和秦宇一起走出魚市場。

「午飯到我家來吃。」船長摯切地說。

「有什麼特別的事？」

「我替你介紹一位朋友。」

「誰？」

「你來了就知道的。」說著船長笑著走開了。

午飯的時候，秦宇剛走進李靖仁家的後門，那位已經養了三個孩子的船長的妻子從廚房裏伸出頭，親切地笑著向他說：

「攏總在樓頂，請上去。」

樓上只有李靖仁和一個精力充沛的漢子，他們坐在一張大圓桌的前面，桌上擺滿了酒菜。看見秦宇上樓，他們一起站起來。

「老秦，」李靖仁將他拉近身邊，說：「這位就是我那天跟你說的陳拐岸先生。」

「啊，久仰久仰——我是秦宇。」

他們握握手，然後重新坐下來。

「我們開始吧。」主人替他們斟上酒，然後舉杯說。

「還有客人呢？」秦宇問。

「沒有了，只有我們三個人——來！」

默默地喝了兩杯酒，李靖仁開始熱心的向秦宇說：

「我要告訴你一個好消息！」

秦宇望望在微笑著的船塢主人。

「就是關於你的船，他的塢上正好有一條……」

「別開我的玩笑啦！我那兒有錢呀！」

秦宇急急的打斷他的話，苦笑著說：

「你先別急呀！」李靖仁接著說：「錢多，有錢多的打算；錢少，也有錢少的打算。他們的塢上有一條舊船，是臺中龜賣村一位姓黃的送來修的，後來不知為甚麼突然要想把它賣掉，價錢並不貴，纔一萬……」他問陳拐岸：

「一萬多少——我又忘了！」

這位年青的塢主謹慎地回答：

「我想，最多不會超過一萬四、五千塊錢吧！談得好，也許還可以便宜一點。」

「可是我湊不起這麼多呀！」秦宇為難地說。

「你一定要存夠錢纔買嗎？」船長善意地斥責：「那究竟要她等你到哪一年呀？」

「……」

發覺自己失言，李靖仁慚沮地解釋道：

「我強迫老謝告訴我的，你不會見怪吧？」等到看見對方露出笑容，他繼續說：「這是個好機會，先把它買下來了再說，別的東西是可以零添零補的——我跟你說，我這間樓房，也是從茅寮慢慢蓋起來的啊！」

「但……」

船長阻止他說下去。

「你這半個月，不是分了好幾千塊錢嗎，還差的，我們大家替你設法，當然，陳先生儘量去替你將價錢談得更低一點。」他又舉起杯子。「來，我們快點吃，然後一起去看看船。」

直至飯後到達了安平營房附近陳拐岸這個粗具規模的船塢，秦宇仍沉浸在這份狂喜的玄想中。他跟在李靖仁和塢主的後面，細心的審察著那條破舊的漁船——「德聖號」。

「這條船雖然是舊了一點，骨子還是很好的。」塢主分析道：「船上的『曲材』都是用的龍眼樫，外板和底板部份壞得最厲害——不過，就算用洋松或者檜木，也不會要太多錢的。」

他跳上甲板，拍拍機器室的外賣。「這臺老山崗是要好好的修修才行了！這船原來的船主要把它賣掉，大概就是因為它的緣故。因為買一架新引擎，船身的修理費，再加上這一萬多塊錢，他差不多可以買條新的了！」

「怎麼樣？」李靖仁拍著秦宇的肩頭問。

「讓我回去找老謝商量商量再決定吧。」

「好，大家分頭進行。」船長熱望地望望陳拐岸。「價錢方面，請老兄多多幫忙囉！」

「這是義不容辭的。」塢主爽朗地回答。

二十七

秦宇以一種匆匆忙忙的腳步到漁會去找謝從敏，但，在河堤上就遇著他了；顯然這位指導員也正要找他，他一邊叫著，一邊奔跑過來。

借著他在喘息的機會，秦宇興奮地說：

「我要告訴你一個好消息！」

「我——我也是！」他發狂地喊道：「我……」

「但，老謝——」

「我知道，」他截住他的話：「你先聽……」

「不！你先聽我的！」

指導員岔岔地叫起來：

「這，這一次，我——我非要你先聽我的不可！」

「好吧，」秦宇笑了，向他伸伸手，說：「你先說。」

謝從敏的臉紅起來了。他的雙顴在冬天本來就是紅紅的，望了秦宇一眼，他靦腆地將手上一隻信封遞給他。

「還是讓你自己看吧！」

秦宇接過那隻上面印著「中華日報」幾個紅字的大牛紙信封，將裏面一張厚道林紙印的聘書拿出來。

「啊！」他激動地低喊道：「特約記者了！」

「……」謝從敏得意地笑笑。「你沒看到前兩天的特寫——一個大劈欄？」

「真抱歉，我這兩天忙得連看報的時間都沒有！」秦宇誠實地回答。

新任的特約記者微微有點失望。他抱怨地喃喃道。

「我還故意把報紙放在你床頭上呢！」

「那我一定要細細的看的——哦，這就是你的秘密？」

「嗯……」

「來，我們握握手，晚上我為你慶賀！」

他們緊握著手，秦宇接著打趣地問：

「喂，在那篇特寫裏，也將我寫進去嗎？」

「那當然，」謝從敏馬上以一個最精明的新聞記者的口吻說：「你是安平唯一的一個外省漁民，從新聞的觀點——啊不！應該是眼光上看，你是一個有價值的人物啊！」

「祇要不把我寫成一個混蛋就成了。」

謝從敏小心翼翼地將信封放進衣袋之後，忽然想起來。

「噢！你的事還沒有告訴我吶！」

「我的並不是甚麼了不起的事，我們一邊走一邊談吧。」

於是秦宇將買船的事詳細的向身邊的朋友複述一遍，然後探詢地問：「你以為怎麼樣？」

「當然應該將它買下來。」謝從敏不假思索地回答。

「你能夠借點錢給我嗎——你知道我的錢是不夠的；雖然李靖仁願意幫助，但是我總不能夠完全依賴人家吧。」

謝從敏想了一想，抬起頭說：

「這樣吧，我替你出面去拉一個『會』，反正這幾天大家身上都有幾個錢。」

「好，謝謝你。我得馬上到船塢去回個話！」

等到秦宇走了之後，謝從敏先在心裏計算了一下，然後再依次的到那些「交情還夠得上」的人家去邀會。他並沒有費什麼唇舌，便將五千塊錢集齊了；而且有好幾家生怕他是急用，都先將頭會的會錢交給他，因為按例頭會是給招會的人的。

二十八

在這些漁夫們的記憶裏，烏魚在魚汛期裏總是分批到達的——來一大批，絕跡幾天；再來一大批，再絕跡幾天。市價亦隨之像害著惡性瘧疾一樣，忽冷忽熱。這種情形，大概要連續三次，這個魚汛纔算是完全過去。

現在，第二次豐獲期結束了，氣候暖和得如同一個明媚的早春；安平的漁夫們又得到一兩天假日，鬆弛一下這幾天的勞累和緊張，除了那些安份和有家小的，差不多全溜到臺南去了；他們充塞在那些撞球房裏，邊打著球，邊用些下流話去撩那些長得俊俏的女計分員；他們的三五成羣的，到那些酒家裏飲酒作樂，到新町去發洩情慾……

在中正路上段那家叫做「清月」的日本料理店裏，秦宇焦燥地坐在老位子上，不時望望那個垂著短門簾的門口。他已經喝下好幾杯茶了，那位肥胖的店主人很知趣的不去理會他；他自管自的用那塊潔淨的抹布，一次一次的揩拭著案櫃上的用物，像是這些東西如果不這樣是永遠抹不乾淨似的。

比約定的時間遲了一刻鐘，林秋子神色慌張地走進來了。她對著他坐下，深情的凝望著他，一時說不出話。

「你的乳母甚麼時候把話告訴妳的？」

「她早就跟我說了，」她急急的回答：「下車的時候，海頭的那些野仔老盯著我，結果害我兜了一個大圈，才到這裏來──你已經來很久了，是不是？」

秦宇笑笑，用一種抑制的聲音說：

「前兩天我就要找妳了，船上太忙，抽不出空──我們今天好好的玩一天吧，妳想看場電影嗎？」

林秋子驚訝地注視著他，頓了頓，她低聲問：

「今天滿街都是安平人呀，你不怕……」

「怕甚麼？我是要故意讓他們看看的。」

她覺得他的神氣並不像是在說笑話，但又猜不透究竟是為了些甚麼。「別發呆呀！」他用手在她的面前晃了晃，詭譎地低聲說：「我告訴妳，我已經買了一條漁船了！」

少女掩著嘴笑起來。

「騙鬼也不會相信！」她說。

「真的，我沒騙妳——昨天纔簽好合同，是陳拐岸介紹的！」他繼續用一種輕快的聲調說下去。

她被這令人難以置信的事實眩惑住了，最後，竟然低頭哭起來。

「咦！怎麼了？」秦宇驚慌地搖搖她的臂。沉下聲音警告道：「妳看，那個大胖子在笑我們了！」

她抑制著，久久，才停止啜泣，緩緩的抬起頭。

「為甚麼哭？」他溫柔地問。

「我沒哭！我是難得哭的。」她睨了那個根本沒注意到他們的店主人一眼，說：「也許是因為我太高興了！」

「假如是這樣，那應該痛痛快快的哭一次。」

「……」她露出淡淡的笑容，又忍不住的問：「那麼，你甚麼時候把它開出來呢？」

「現在還不行，它是一條又破又舊的船呀！而且，船底漏水，機器還是壞的——要開出來，我們總要把它弄得漂漂亮亮，體體面面的吧！」

「可是你的錢已經完啦？」

「烏魚不是還要來一次嗎！李靖仁說的對，有了皮鞋，再窮，也穿得起襪子！引擎我自己可以修，船身方面，等烏魚過完了再說。」

「嗳！」林秋子合著手，欣喜地喊道：「我幾乎每天晚上都做這個夢，連白天也一樣——啊，我忘了告訴你，我買的愛國獎券中了末獎，十塊錢！這也算是個好預兆嗎？」

秦宇迅速地將幾張被摺皺的獎券從後褲袋裏掏出。

「妳看！」他說。

「沒中獎嗎？」

「我把它們忘掉啦！連對都沒對過呀！」

林秋子認為她內心那種奇怪的感應靈驗了，她幾乎敢肯定的說，這六張獎券之中，一定會有一張中獎的。半分鐘之後，那位熱心的店主人從他那隻大皮夾裏將一份剪報交給他們。他承認自己每期都要買兩張，但連一個末獎都沒有中過。

他們連忙擠坐在一起，一張一張的對著，嘴上喃喃的唸著獎券的號碼……

最後，他們互相望望，大聲笑起來。

「統統愛國了！」

這個時候，林秋子纔發覺他們併坐在一個並不怎麼寬闊的座位上，於是她想站起來；秦宇輕輕的按住他的手背，低聲說：

「一定要坐過去嗎？」

她紅著臉重新坐下來……

他們回安平的時候，已經很晚了。從離開那家料理店開始，林秋子便陷入一個並不預備馬上告訴秦宇的思想裏。但秦宇連一點都覺察不出來。

二十九

經過一夜的考慮，林秋子一早就找了個理由，到永吉船塢去找她的外公蔡添丁去。

「今天又是為了他纔來的吧？」這位脫光了牙齒，脾氣暴燥的老頭子不快活地嚷道。

「誰說的，」林秋子阿諛地笑著，將手上的葉包拎起來，分辯道：「我不是給你送軟糍糕來的嗎？」

說著，她挨近他，刁蠻地去緊緊的挽著老人的手臂。

「好啦好啦！」蔡添丁低聲咆哮著，聲調裏孕著深濃的慈愛：「妳說吧！妳那個混賬父親又怎麼樣啦？」

「現在問題不在他了。」

「不管在他不在他，」外公固執地說：「他遲早總要後悔的，這個老頑固——不要緊！妳把我罵他的話統統告訴他！他把以前和妳母親要好的事情忘得乾乾淨淨啦！」

「……」

發覺她那副可愛的，嗔怒的模樣，老塢主纔平下自己的憤懣；但他又顯得有點不耐煩地說：

「呃，問題不在他，那麼那個外省小子怎麼樣？」他嘟著嘴，望著她的臉。「——他不要妳啦？」

「那麼妳要說我纔知道是甚麼事呀！」

「外公！」林秋子著惱地甩開他的手。

她停了停才說：

「他前天在陳拐岸的塢上買了一條舊船……」

「那妳用不著愁眉苦臉啦！」他快活地嚷道。

「可是，那條船——」她抬起頭，以一種熱望而懇切的目光望著他蔡添丁。

「其實，它並不怎麼……」

外公馬上明白了她的來意，他幾乎是氣勢洶洶的又大聲叫起來：

「不要說不要說！我全知道！又是來打我的主意——我快要破產啦！」他揮動著他那在顫抖著的手。「每一個人，連妳，都來欺負我老頭子啊——妳看，材料都是用新臺幣買來的！少一毛錢都不行；工錢，就跟討債一樣，慢一分鐘發都要罵『哭伯』！這樣下去，我非要討飯不可了！」他的聲音漸漸低沉下來，最後，他橫了林秋子一眼，驀然兇惡地叫道：

「說吧，他的船要修些甚麼？」

「我不大清楚，」外孫女兒得意地笑了。

「好像是船底漏了，艙面、外板和舷墻也不大好，還有機器……」

「一條船所有的都給妳說完啦！」

「可是他並不是不付錢的呀！」

「我知道──先欠賬！」蔡添丁無可奈何地搖搖頭，傷心地自語道：「你們都以為臺灣銀行是我開的！」

「外公，」她拉拉他的袖口，懇求道：「不過，你千萬不要說起，我──就當這件事是他和你直接談的。」

老塢主痛恨地咬著牙齒，迸聲咒罵道：

「欠了我的賬，妳還要我向他磕頭啊！」他沉浸在回憶的悲哀裏。「妳這種該死的脾氣，就跟妳媽媽一模一樣！好！妳叫那小子明天來見我──今天也可以！妳先警告他，不要在我面前老三老四的，不要頂我的嘴，不然，我非教訓教訓他不可！」

「隨便你怎麼樣教訓他，我才不管！」

「好啦！妳可以滾回去了！妳好好的聽著：這是最後一次，我以後不准妳再到我這兒來！」

「一定，我一定這樣。」林秋子笑著，將那包糍軟糕塞在她外祖父的手彎裏，然後用輕快，像麋鹿般跳躍著的腳步，急促的跑掉了。

約莫過了兩個鐘頭，蔡添丁看見那個「外省小子」走進船塢裏來了。一開始，他就對他不滿意，因為他連望都不望這位塢主一眼，就自管自的到處走起來；東摸摸，西敲敲，即使是一位造船專家，也裝不出那副神氣。

蔡添丁皺著眉頭，朝「專家」走過去。他正鑽進一條在修理的漁船的船底。秦宇在船底研究了好一陣，才鑽出來，直起身體，看見老塢主站在自己的面前，他望著漁船的尾部說：

「你們這樣修船底，是不行的呀！」

老塢主最先感到驚訝的，是這個「外省人」說的是臺灣話；然後，纔為他的話吼起來：

「你說什麼不行？」

「你自己看，」秦宇又鑽進船底，指著那些船釘說：「這些底釘和打入釘，釘頭都是沒有鍍過鋅的，這樣很快就要給海水銹掉了！」

「這些你是在哪裏學來的？」

「在書上。」秦宇老實地回答：「最近政府放領的船就是用那種不會生銹的鍍鋅船釘。」

蔡添丁極力抑制著，他又譏誚地問：

「你幹這一行，究竟已經多久了？」

「好幾個月了吧！」

「好幾個月！」老塢主輕蔑地怪聲笑起來。「我吃這碗飯，已經好幾十年啦！」

「看你這個年紀，大概沒吹牛。」秦宇淡淡的說：「呃，你們塢上有空嗎？」

老塢主故意惡毒地反問：

「我先要知道你的破船是沉在甚麼地方？」

「誰說我的船是沉的？」秦宇大聲嚷道。

「哦，不是嗎？」蔡添丁帶著狡黠的輕笑。「我說錯了——因為祇有那些沉了船的傢伙纔會注意到底釘的！」

「我沒跟你說笑啊！」

「說老實話吧，」老頭子冷冷地說：「我們工作太忙了，分不開身，而且，修破船太沒味道了！」

「好，那麼我去找別家吧！」秦宇走了兩步，又回過頭好意地叮囑道：「為了你這個幾十年的老招牌，我勸你以後改用鍍鋅船釘吧，我想它比這種土釘貴不了多少的。」

蔡添丁從心裏笑出來。雖然他痛恨自己這種舉動，但他終於追了上去。

「喂！秦宇！」他在後面喊著。

秦宇停住腳，回轉身。老塢主走近他。

「看在熟人的份上，我替你抽出兩個工人吧！」

「我是欠賬的，不過我很快的就可以付清，」秦宇直率地說：「你算我幾分利呢？」

「你以為我是侯老成嗎？幾分利！」蔡添丁不快活地說：「你把我蔡添丁看成甚麼人呀？」

「德聖號」的新船主歉仄地陪著笑。

「這情形跟借錢差不多啊！」

「你不是會修燒頭引擎的嗎？」老塢主嚴肅地問。

「我會的，不祗是燒頭引擎，什麼引擎我都會。」

蔡添丁指指停在塢上的兩條船，肯定的說：

「我們大家交換，你替我修這兩臺機器，我替你修你的——破船！」

秦宇忽然覺得為難起來，他愧疚地問：「那你不是太吃虧了嗎？」

「少廢話！」老塢主不耐煩地叫道：「不肯幹，請換別家；肯幹，就馬上把它拖來！」泰宇望著這位滿肚子不舒服的老頭子轉身走開，他狐疑地想：

「大概因為我是大傳的助手吧！」

三十

陳拐岸聽到這個消息，很為秦宇慶幸。他坦白的告訴這位新船主，他這個船塢因為才開辦，雖然想幫忙，可是實在無能為力；為了表示歉意，他無條件的替他將「德聖號」拖到永吉船塢去，而且還送給他一桶油漆。秦宇依然在「海靖號」上工作，除了出海和睡眠，他將所有的時間放在自己的船上——先將永吉船塢的兩架引擎修好，然後再修理「德聖號」的。在舊曆年關之前，修理工作差不多算是全部完成了。他並沒有麻煩蔡老頭子派給他的小漆工，他自己將陳拐岸送給他的那桶油漆把船漆成明亮的淡藍色，舷牆上加上三條傳統性的白條子，「德聖號」幾個字被去掉了，換上一個這位船主想了兩天才決定的，他認為極有意義的「大宇號」——「大」字是紀念他的好朋友，老上司，已失蹤的「金發號」船長蘇大傳。

而且，漁船過戶和易名等手續，謝從敏也在漁船完工之前辦妥了。那天，這位指導員將港務局發給的航行證書，臺南市船舶總隊的船籍牌、以及市政府和交通部簽發的漁業執照、小輪船執照，一起交給他。

「你現在是一個有產階級啦！」他調侃地說。

秦宇翻開那些證件，看見自己的名字填在上面，心裏有說不出的快慰和倨傲的感覺。他微笑著，摯切地望著這位愈來愈變得忙碌的特約記者說：

「別忘了，你也是股東之一啊！」

「不要說這種話，」謝從敏指責道：「朋友是朋友，事情是事情，不能夠混為……」

「也是根據新聞的眼光？」

他們笑起來。謝從敏接著問：

「你準備什麼時候下水呢？」

「我想過了這個年。什麼都是新的，討個吉利！咱們是中國人呀！」「那麼林家……」

「這許多日子都等下來了，還等不得這幾天嗎。」

「對！什麼都是新的！」指導員有意味地笑笑。忽然想起一件事，於是急急地說道：「我忘了告訴你一個笑話！」

「關於侯老成的？」

「咦，你怎麼會知道的？」

「我也有一雙耳朵的呀！」秦宇漠不經心地聳聳肩。「還不是因為他的生意做不成！不過，那個時候我倒是很願意讓他敲的——一起開價三千塊錢，欠賬，照一角利算；而且，還要將船照押給他！」

謝從敏含著玄惑的笑意，低聲說：

「這樣說，我叫你到永吉去叫對囉！」

「當然。」秦宇感歡地應道：「起先我不敢去找他的原因，是因為他是林家的親戚——呃，我問你，蔡老頭子和蘇大傳也有什麼關係嗎？」

「我想是這樣吧！」謝從敏含糊地回答：「我好像也聽說過。」

「就對了！」他自語著。

於是他們又談論到「大字號」下水請客的問題，這位新船主的意思是認為「入鄉隨俗」，不能不熱鬧一下；因為他知道安平人是最拘小節的，免得被人說閒話。但謝從敏卻叫他不要抱太大的希望。

「『金發號』出事之後，」指導員說：「他們都在責怪你呀，而且，還有林家的那回事！而讓他們最眼紅，最不服氣的，就是你已經有了一條漁船！」

「是的，我還不配有船！」秦宇點點頭。

「但我總希望得到一個機會向他們解釋。」

「解釋？除非蘇大傳活轉來——這是安平呀！」

「我們做做看吧。」

「嗯，希望事情不要如我們所想的那麼壞！」

三十一

安平這年年底的「豐年祭」[1]在熱鬧的氣氛中過去了，這次大拜拜幾乎將安平人的荷包搜括一空；但，她們樂於這樣，因為在心情上，這總比來次寒寒酸酸的「祭豐年」[2]好些。

他們的酒意未消，舊曆新年緊接著來了。

「大宇號」照它主人的意思，本來是要在初二下水的，可是蔡老頭子堅持著——幾乎是要挾著，要秦宇延遲一天，因為曆復上所寫的絕對錯不了：初二是「破日」，連洗澡剃頭也會招致惡運的。大概又是因為他是「蘇大傳的助手」吧，這位實在有點急不及待的船主總算依從了他——僅僅這一點，蔡添丁感到十分滿意。所以在初三的早上，他特意為這個典禮，放了兩串「電光炮」，以示慶祝。

---

1 豐年祭：假如這一年的漁獲豐盛，為了感謝神靈，而且希望明年也是豐年，便在這年的年底設祭。

2 祭豐年：假如去年漁獲不豐，那麼便在道年的年頭設祭，折求神靈賜給豐年。

這天來觀禮的人並不多，只有謝從敏和李靖仁兩個人；謝從敏和老塢主等人站在塢上，李靖仁在船上幫忙。當這條滿像樣的「大宇號」在那喧鬧的鞭炮聲中緩緩的滑下水時，漁會的總幹事吳讚成和陳福裕卻意外的趕來了。

特約記者隔著煙屑。便已看出他們的神情有點異樣，於是連忙回身迎向他們。

「你們來遲一步啦！」他故意笑著說。

「老謝，」陳福裕忍不住地說：「情形不好呀！他們像是連著一氣！」

「侯老成在當中挑撥。」總幹事補充道。

謝從敏困惑地咬咬下唇。

「發帖子給他們的時候，他們都答應我，說是一定要來的呀，怎麼又變卦了呢？」停了停，陳福裕探詢地問：

「你看，我們是不是還要去跑一趟呢？」

「會有結果？」謝從敏反問。

「這很難說，」總幹事多慮的說：「不過，去跑一趟也好，這樣也可以知道是什麼原因。」

「我明白他們的毛病！」「辰興號」的船長大聲解釋道：「其實，他們每一個人都沒有主意——他們都跟老秦無冤無仇呀！還不是聽說大家都不去，他就不敢一個人去了，害怕別人說他們的嘴饞還是什麼的，誰知道侯老成這個雜種在他們的面前搗些什麼鬼！」

「大宇號」的引擎發動了，秦宇鑽出機器室，用手圈著嘴向岸上的人發問：

「你們也跟船出去試試俥嗎？」

謝從敏回頭望了望陳福裕他們，高聲回答：

「不了，我們還得趕回去準備準備呢！」

「也好，記得再請請蔡老伯啊！」

老塢主笑著向謝從敏說：「不請我也會來的——這小子！」

「要我們來接你嗎？」

蔡添丁生氣地瞪了謝從敏一眼，接著他又覺得在新年發脾氣是一件不適宜的事。於是他扭轉身，喃喃起來：

「老頭子還走得動啊！」

他們三人回到金城里李靖仁家裏（宴客的地方），互相商量了一下之後，便開始分頭的到他們比較熟識的人家去。可是，侯老成和專門以扯是生非為樂的顏金登他們所發動的陰謀，顯然是比他們的防範來得更早，那些當家的全都到臺南去了；那些在家裏的，只是靦覥地重複著那句相同的話：

「只要大家都去，我一定去——沒法呀，我總不能夠因為喝一頓酒，結這麼多寃家吧！」就在大家再回到李靖仁那裏，一籌莫展的時候，「大宇號」試俥回來了。秦宇和李靖仁一邊談論著關於船的事，一邊走上樓。

他向他們望望，笑著問：

「他們都不肯來？」

「全溜光了！」

「老秦，」謝得敏關切地提議道：「我看，屋子外面的酒席用不著擺了，空著一二十席沒人吃，不是太難看了嗎——就是我們幾個人在樓上熱鬧熱鬧算了。」

「這怎麼可以呢，」他不以為然地說：「既然是誠心誠意的請客，酒席就得照開。客人不來，是客人的事，這跟請客本身是沒有關係的！」「只要你……」

秦宇急急的打斷那為他難過的指導員的話，誠懇的說：

「別擔心我，只要這樣不影響你們。」

他們緘默著。他若無其事地又和李靖仁繼續那個話題。

下午六點鐘，入席的時間到了，赴宴的客人不到十個人——安平漁會的職員，「馬路西」，陳教額和那被安平人鄙棄的葉龜年包括在內。他們被招待在李靖仁家的樓上。那幾個包辦酒席的廚子在院子裏忙著，慎重其事的（他們盡量的將臉上的表情裝得更自然一點，因為今天他們遭遇到一個聞所未聞的怪宴會）將那些熱氣騰騰的菜肴，端到那些擺在屋外空場子上的沒有客人酒席上去。那些女人和那些穿著新衣的孩子們，站在遠遠的地方，向這邊張望著……

這位主人的心裏雖然極不愉快，但，他卻表現得像是根本沒有這回事情似的，周旋於這幾位客人之間；謝從敏不時以一種同情的目光偷窺著他。

蔡添丁支著一根鑲著銀頭的手杖，神氣活現的來了。一踏進院門，就聽到那沙啞而急躁的聲音：

「人都到什麼地方去啦？」

秦宇連忙下樓去招呼他。

「這個時候了，客人還沒有來嗎？」他不解地問道。

「都在樓上。」主人笑著回答。

老頭子摔開他的手，自己一步一步的走上樓。

「呃……」老塢主向四週望望，自語道：「——大概是我看錯鐘了吧！」

樓上先來的人笑了。陳教額過去推了他這位五六十年前的小遊伴一把，動笑道：

「你的眼睛還看得見鐘嗎？」

「連女人都還看得見呀！你看——」蔡添丁拍拍身上那套藏了幾十年沒穿過的黑禮服，打趣著：「不夠年青嗎？」

他們讓他坐下來。等到明白事情的真相時，他暴跳起來。他用手杖頓著地板。

「他們都是吃屎長大的嗎！」他忿忿地咒道：「這多失禮呀——什麼外省人本地人！還不是同一個祖宗！如果不是大家來合力經營，臺灣會有今天這副模樣呀？別的不要說，只要回想日據時代我們吃的是什麼苦頭就夠了！」他向大家望望，突然決然地扭轉身說：

「我去找侯老成這混賬東西去！」

客人們幫著這位感到為難的主人，去攔阻他。

他舉起他的手杖，咆哮道：

「我不能讓他這樣欺負人呀！」他指著陳教額。「你也是安平人，你就不覺得丟臉？走！我們兩個老傢伙去拖人去，他們不肯來，我們請他們吃生活！」

陳福裕在陳教額表示同意之前，搶著說：

「用不著去了，我們剛才已經去過了。」

「他們不肯來？」

「他們都到臺南去躲啦！」

「好！躲一輩子吧！」老塢主無可奈何地鬆弛下來。喃喃地宣示道：「我總要一個個的找他們算賬的！」

主人又忙了一陣，才將客人們的情緒平伏下來，開始入席。這個宴會，當然是大家都很不愉快，儘管他們怎麼故意的互相鬧酒，大聲說笑；可是心裏總像是被一種什麼東西堵塞著似的，感到十分難過。

他們一直喝到半夜，喝到大家都爛醉如泥……

但，秦宇卻清清醒醒的——最低限度，他心裏是這樣——坐在蔡老頭子的旁邊，想著自己的心事。

三十二

第二天是個颳著西北風的，寒冷的早上，當那個已經有一條漁船的「外省小子」神色困乏地到林家來時，林金水並不感到驚訝，而且，他已早有準備。

在客堂裏，他漠然的招呼秦宇坐下來。等到那位老乳母獻上茶，退出去之後，約莫沉默了半分鐘，這位求婚者用懇切的聲調說：

「我已經有一條船了。」

「我知道，」船主冷冷的問：「你沒有請一位媒人來談？」

對於這句可能是個「惡兆」的問話，秦宇楞了一下，然後慢慢的回答：

「我想，我自己來比較慎重些。」

「唔——」林金水輕蔑地哼了哼，直截地問，聲音裏含著另一種意味：「那麼你出得起多少聘金呢？」

「聘金？」

「這是我們臺灣的規矩，我們得要照規矩做！」秦宇想了想，不得不繼續問，雖然他已經知道，這次談判一定不會有結果的。

「聘金的多少，好像是由女家提出的吧？」

「呃，是的。」林金水笑笑，帶著一種乖戾的表情說：「不過，我得先聲明：我說話向來是說一不二的。我的意思，聘金方面，是新臺幣五萬塊錢！」

「哦……」

「其他的，就照普通一般的情形辦好了！」

「……」

「這個價錢，並不算太貴呀！」

秦宇實在忍無可忍了，但他仍極力抑制著。現在，他注視船主的臉，以一種單調的聲音說道：

「如果是一宗買賣，這個價錢是很便宜的。」

「你說得對！我們臺灣人一向是把這當做買賣的！」

求婚者顯得無話可說了。林金水得意地笑著站起來，譏誚地補充道：「你還是回去考慮考慮吧，或者掙到五萬塊錢再來！」秦宇跟著站起來，他忽然低聲問：

「秋子可以算是二十歲了吧？」

「你問這個幹什麼？」

「沒什麼，」秦宇回答：「只是她已經達到法定年齡了。」說著，他望了那位臉色驟然陰暗下來的船主一眼，說：「我已經盡我所能的做了，現在，這件事只好讓她自己去決定了！」

秦宇走了之後，林金水所持有的寧靜完全被這句話擾亂了。他知道秦宇並不是威脅他，因為這句話是非常真實的，安平也有過這種例子……

「她真的會丟下我跟他走嗎？」他昏惑地想著：「她會這樣做嗎？」

他覺得，這並非是不可能的事情。自從發生了那場爭吵，雖然女兒依然和以前一樣，和他生活在一起，有時，大家也會說說笑笑的；但，他能夠度量出互相心靈上的距離——而且她也曾經這樣說過：

「我會找另一條路走的！」

攙雜著些兒悔恨，林金水顫慄起來。他迷惘地催促著自己：

「上去找她談談吧！」

經過一段長久的，內心痛苦的掙扎，他蹣跚地走到樓上女兒的房門前，隔著那扇緊閉的紙門，瘖啞無力地喊道：

「秋子，妳已經醒了嗎？」

女兒連忙跳下床，拉開紙門，驚慌地望著她這神色悽惶的父親。

「秦宇剛剛來過了！」林金水生硬地說。

「哦……」

停了停，他沉下聲音問：

「妳會跟他走嗎？」

「……」林秋子安靜的回答：「你叫我怎麼說呢？」

「我已經拒絕他了！」

「那麼你用不著再問我啦！」

父親緊咬著牙，用很大的力氣說：

「我永遠不會同意的！如果妳一定要嫁給他……」他緩緩地扭轉身，悲傷而無力地唸著：

「那麼妳用不著管我，妳就跟他走吧！」

林秋子默默的望著自己這位可憐而孤獨的父親回到他的房裏，她突然心酸起來。在這個短短的時間裏，她想過去說幾句話安慰安慰他；可是，另一種矛盾的情感阻止她這樣做。她站著，思索了一下，隨即替自己在這種衝突中作了一個決定，同時，她相信這個想法是很對的。

十分鐘之後，顧不得老乳母的阻止，她已經來到秦宇的住處。

「妳應該叫妳的奶媽來叫我的！」秦宇溫和地抱怨道：「妳看，這種天，只穿這一點點衣服，不冷嗎？」

她搖搖頭，望了望仍陷在酒醉後昏睡中的謝從敏，於是開始低聲將父親的話向他複述。最後，她用一種懇求的口吻說：

「我們再忍耐一些時候吧！我相信他一定會回心轉意的——你說是嗎？」

「當然，他是很愛妳的。」

「你不恨他？」

「我很了解他，」秦宇答道：「因為我本身就是一個和他一樣固執的人呀！」說著，他將搭在椅背上的一件皮外套替她披在身上，然後捉住她那雙小巧而冰冷的手。

「你知道昨晚請客的事嗎？」他有趣地問。

「嗯，奶媽跟我說的，聽說他們都沒有來。」

「我心裏很難過，」秦宇笑笑。「但，我受得了！而且，我知道有一個更大的麻煩，馬上就來了！」

「是什麼？你說！」她低促地問。

「不要這樣緊張，這也許是我的多慮——不過，我知道應該怎麼對付的。」他望著她的眼睛，嚴肅地問：「妳相信我能夠改變他們這種成見嗎？」

「但願你不要做出什麼鹵莽的事情！」

他忍不住笑了。含蓄地說：

「我這點力氣，是抵抗不住安平人的——但我知道，他們的弱點在什麼地方！」

三十三

秦宇化了整整一個下午，挨家挨戶的到那些沒有固定工作的漁民家裏去，準備找一個幫手，可是，他所得到的答覆是相同的：沒有人願意到他的船上去——即使是一個最糟糕的腳色。

回來後和李靖仁商量的結果，這位船長主張他將「大宇號」租出去，他自己則仍然留在「海靖號」上工作。

「你要知道」，李靖仁率直地說：「憑你這一點經驗，你還沒有資格做船長啊！」

「但我也並不是在找一個助手呢！而且，你敢保證他們會來向我租嗎？」

看見李靖仁沒接下去，秦宇詭譎地笑道：

「謝謝你這個提議，不過，你讓我完全失敗了再這樣做吧！」

「你要怎麼樣？」

「你明天會知道的！」

秦宇帶著他這個隱秘，離開李家，連忙到自己的船上去。為了那點可憐的自尊心，安平那些漁夫們並不去理會他，甚至連他的船都不願意多望一眼；但，他們卻十分確切的知道，他一直在船上搞搞弄弄，傍晚的時候才走開的。而且，第二天一早，他又到船上來了。於是他們不得不將他的行動加以推測。討論的結果，他們幾乎一致的認為：

「他害怕我們不知道他有一條船啊！」

接著，他們刻薄的大聲笑起來。

而這種笑聲並沒有影響秦宇的工作，下午三四點鐘的時候，「大宇號」的引擎突然吼起來了。這種單調而重濁的聲音騷擾著整個安平；因為雖然已經是初五了，可是在他們的習慣上說，這個「年」仍然是沒有過完的；所以當「大宇號」的引擎響起來之後，他們都帶著那種驚異的神情走出河堤，看看究竟。

現在，他們看見「大宇號」退出河心了，秦宇用手拉動舵位旁邊他從機器室引伸出來的拉桿——他這兩天改裝好的，漁船停住了，然後又緩緩的向前駛去……

「他在搗什麼鬼啊！」他們站在岸堤上自語道：「船上不是只有他一個人嗎！那麼剛才倒俥前俥是怎麼拉的呢？」

「大宇號」在他們的面前駛過去了，秦宇以一種倨傲的姿勢站在舵位上。當漁船經過妙壽宮廣場的轉角時，他向站在木樓涼臺上的李靖仁搖搖手，然後示意地用左腳去推著油門的踏板，將漁船的速率驟然增加……

「看樣子，他是要出海去呢！」岸上的人喊道。

「可是只有他一個人呀？」

「誰知道他還有些什麼鬼主意！」

「大宇號」駛出內港了，岸上的人對於這個「不知死活」的外省小子這種怪異的舉動，又開始議論起來……

「他能夠打著一條魚才怪！」有人說。

「打不著還是小事啊！」另一個接嘴道：「萬一發生什麼事的話……」

「那是他自己找的！」

於是，那些曾經拒絕到他船上去的人，忽然覺得沉重起來。他們悄悄的回到自己的家裏，老半天說不出一句話。但大部份的人，都以一種幸災樂禍的心情等待著，他們甚至敢打賭：他明天絕對空著船回來。

這個時候，才得到消息的謝從敏從汽車站慌亂地向河堤奔跑過來。

「他的船呢？」他喘息著向岸邊的人問。

「剛剛出去了！」被問的人淡淡地回答。

略一思索，他連忙回身向漁會跑去。

在漁會裏，他很快的便搖通了港口聯檢處的電話，對著話筒大聲叫道：「喂！聯檢處嗎——啊，你是組長！我是謝從敏……」

聯檢處警衛組的上校組長李木子在話筒裏問：

「有什麼事情呀？」

「秦，秦宇的船，還——還沒有放，放行吧？」

「你說那條新船嗎？它才開走。剛剛才開走！」

「哦……」謝從敏麻木地慢慢的放下話筒。話筒裏仍然有含糊的聲音在響著……

第二天的早上，比端午節賽龍舟還要熱鬧一點，安平內港的河堤上站滿了人，他們不斷的抬頭向運河口那個方向望過去，希望能夠早一點看見這條帶著「幾條小什蝦」和一個大笑話回來的「大宇號」。

在平常回航的時間，「大宇號」回來了。他們毫無表情的望著這條船，直至它在漁會的門前泊近碼頭。

他們並沒有走過來，只是站在原來他們站立的地方，向漁會這個方向默默的注視著……

秦宇在進港之前，他已經預想到他會受到這種侮辱，因為「大宇號」簡直可以說是空著船回來的。所以當他駛入內港運河，發現這種熱鬧的情形時，他隨即由疲乏和羞辱中振作起來；他微微挺直腰，用那已被凍僵了的右手緊捏著舵把……

現在，他將船頭的纜繩套在鐵樁上之後，隨手從魚艙裏將那筐不滿三公斤的小蝦提起來，認認真真的拿過去放在漁會的磅秤上。

有些人開始圍過來了……

龔金發低聲向他說：

「老秦，拿走吧，為什麼要讓他們看你的笑話呢？」

「這沒有什麼值得他們笑的呀！」秦宇望了謝從敏一眼，蠻不在乎地叫道：「開始拍賣吧——最好將它們倒出來，讓大家可以看清楚一點貨色！」

拍賣人向左右望望。為難地說：

「連一個承銷人都沒來呢，你叫我怎麼拍賣！」

「誰說沒有人？」滿嘴酒氣，穿著一套顏色有點怪怪，而且並不怎麼合身的新西服的「馬路西」在後面嚷道：「我不算人嗎？」

拍賣開始了。出標的只有「馬路西」一個人——就如同只有秦宇一個人出海一樣，這是安平從未有過的。龔金發用他那種快速而單調的聲音叫著：「兩塊！兩塊一，兩塊二，四！兩塊五……」

「馬路西」以一種近乎滑稽的動作打著手勢。

「五塊三，四，五——六塊！七塊……」數目繼續在增加。「十塊！二十塊！三十塊……」

邊上那些圍著看熱鬧的人楞住了。他們望望地上那堆最多只值十來塊錢的小魚蝦，又望望那個像是在開玩笑的承銷人。

「六十塊！七十塊！八十塊……」龔金發的嘴角噴著涶沫，激動地提高聲調喊著：「九十塊！一百塊！得得得……一百塊——賣啦！」

周圍發出驚嘆的聲音。

「簽個字吧！」拍賣人將那張小紙條遞給他。

「簽字？這是什麼話！」

「馬路西」沉肅地注視著一言不發的秦宇，然後指著他向大家說：「像這種硬漢子打來的一條臭魚，我也出它一個高價，而且，我還要付現錢！」

說著，「馬路西」從衣袋裏摸出一疊新鈔票，謹慎的套進一隻紅紙封裏，遞給龔金發，然後回轉身向周圍的人擺擺手，痛恨地說：

「你們哪家養有貓的？這些小蝦你們隨便拿吧！用不著客氣呀——有什麼好難為情的呢？」

看熱鬧的人尷尬地散開了，「馬路西」才蹣跚地向運河客船碼頭那邊走過去。

龔金發在背後喃喃地說：

「這就是『馬路西』！」他碰碰秦宇的肘拐。「到漁會裏面來吧！」

秦宇在漁會裏結清了賬目，走出來，那守候在門邊的葉龜年連忙向他走過來。

「我可以幫你的忙嗎？」這位已經足足五十八歲，為安平人所鄙棄的老漁夫用一種窒悶的聲音問道。

「啊——我真的把你忘了！」

「每個人都這樣呀！」他苦澀地笑笑。

「可是，你還做得動嗎？」

「我會盡我的能力做的，至少我可以幫你點忙！——我有的是經驗啊！」

「好的！」秦宇威嚴地發出他正式做一個船長之後的第一道命令：「你馬上把油箱加滿去去就來。」

「馬上就要開船嗎？」

「當然，我要讓他們知道，我已經找到了一位好幫手！」

三十四

春天完全過去了，現在已經是安平蝦汛的頂峯了。

「大宇號」每次都和「海靖號」一起出海作業，然後再一起回航。那位老助手——葉龜年，雖然他不能做那些比較繁重的工作，但，他卻能在經驗上輔助這位船長的不足。為了追悔以往那一段不忍重提的生活，他勤奮地工作著；處處都能窺察出他對於這種生活的虔誠。

至於秦宇，安平人似乎也漸漸得到，將那種沒由來的憎恨淡忘了；不過，他們之間仍然保持著一個微妙的距離，不肯輕易和他接近。同時，他從林秋子哪兒，知道林金水亦逐漸改變他那固執的態度，有時也會有意無意的問起他來。

但，當他清償了部份債務，希望在這個旺季裏努力掃一筆錢，作結婚的準備時，一件令他興奮得發狂，而又將他深陷於一種惡劣情勢中的事情，終於在五月下旬的一個下午發生了！

當「大宇號」在漁會碼頭靠岸之後，謝從敏從漁會裏急急的向他走過來，激動地喊道：

「老秦！蘇大傳回來啦！」

等到對方再將話重複一遍，他才相信他所說的是一件真實的事情。於是，他低促地顫聲問：「現在他的人呢？」

「他們拖他到臺南去喝酒去了！」

「哦——那我馬上找他去！」來不及向葉龜年吩咐漁貨過磅的事，他匆遽的放開指導員的手臂，向車站走去。

謝從敏連忙欄住他，焦慮地說：

「慢點走，我得先告訴你一件要緊的事情！」

「讓我回來再說吧！」

「可是……」謝從敏無可奈何地眼看著他很快的跑開了。

秦宇趕到臺南，天色已經入黑了。他到那些安平漁夫們經常去的酒家裏，一家一家的找尋；最後，才在一家比較寬敞的日式酒家裏找到他們。在門內那四「蓆」大小的玄關上，他已經聽見蘇大傳那種低沉而含糊的聲音了。他脫了鞋，順著光滑的地板走廊向裏面走進去……

在左面的第二間，他停下腳步，正好一個酒女拉開紙門，從裏面拿著一隻漆器托盤走出來。他第一眼便看見膚色黧黑而顯得比以前消瘦的蘇大傳正對著自己，坐在靠窗的蓆地上，右手正緊摟著一個抹著一臉脂粉的酒女。

「大傳！」他站在門口，熱烈地喊道。

他們馬上沉靜下來，用一種驚異的目光凝望著他。

蘇大傳看清門口站著的人之後，他一把將那個酒女從懷裏推開，站起來。

「你來得正好！」蘇大傳從那些人的身體上跨過去，走到秦宇的面前。「我知道你一定會回來的！」秦宇深摯地笑著說，向他伸出手。「哼！」他輕蔑地望望他的手。

「怎麼，不認識我啦？」

「認識！你化了灰我也認識！」

蘇大傳痛恨地叫著，猛力的揮拳向秦宇的臉部打去。

秦宇猝不及防的被他擊中了，他的身體一時失去重心，連著背後的紙門一起觀跌在地上……

「現在你也該認識我了吧！」蘇大傳拉拉腰帶，乘戾地說。

秦宇昏惑地用手背揩拭從嘴角流出來的血漬，慢慢的站起來。

「你喝醉了吧？大傳！」他溫和地低聲問。

「呃，醉了，我看錯了人！」說著，他又開始向秦宇撲過去……

秦宇躲閃著，極力保護著自己，但他始終沒有還手，只是急切地喊道：「你聽我說呀！你已經醉啦！」

蘇大傳並不理會他，他繼續向這個盡量設法使他平靜下來的「外省小子」襲擊，對面那兩間房間的紙門全被打壞了，酒家裏的人一起向走廊這邊圍集過來。

現在，秦宇又被打倒了，他痛苦地蜷縮著，緊抱著自己的腹部。這個時候，那些男人們——其中也有幾個安平人——才過來將他們拉開。

怒氣未消的蘇大傳被他們架回房間裏去，他繼續的在大聲咒罵，幾次要想再衝過來。秦宇被攙扶到外面去，那些熱心的酒女給他一杯水。

「順源」阿保從裏面走出來。

「你為什麼要來呢！」他半同情半抱怨地向頹坐在廊階上的秦宇說。

秦宇困惑地注視著他，好一會兒才瘖啞地問：

「我為什麼不該來？」

「你自己還不知道？」謝阿保不快活地反問。

「……」

「林秋子是他的呀！」

「是他的——」

「這事情，安平哪一個人不知道！」

「哦……」秦宇低喊著，楞了好一陣，他突然又掙扎著起來，堅決的說：「那我一定要向他解釋明白！」

謝阿保好意地阻止他。

「千萬別進去，」他說：「現在不是解釋的時候！」

秦宇又頹然坐下來。

「等他的脾氣好一點再說吧，」謝阿保走了兩步，又回轉頭補充道：「不過，我看是不會有結果的！」

忍受著腹部劇烈的搐痛，秦宇故意讓自己慢慢的步行回安平去。一方面，他不願意讓別人看見他這副狼狽相，而且，在回到安平之前，他要有一個充裕的時間細細的思考。因為目前他所遭遇到的難題，幾乎是使他手足無措的——他既不能捨棄蘇大傳的友誼，又不能忘情於林秋子。

他一面走，一面反覆的想著；晚風挾著些兒涼意，他覺得舒暢一點。到達安平時，嘴角傷口上的血已經止住，身體上的痛楚亦完全忘卻了。他將這個問題歸結到林秋子的身上。他認為，最初認識她的時候，假使她將實情告訴他的話，他是絕對不會做出這種「該死的」事情的。而且，他發覺林秋子始終是有計劃的隱瞞著他，她從來不在他面前提起過蘇大傳……

忽然，他想起那天早上關於送那條手鍊給她的那回事。

「她裝得那麼像呀！」他惱怒地向自己說：「她說她捨不得帶，害怕會將它弄壞了，其實，真是見鬼！那是因為蘇大傳也送了一條給她呀——是的，她不敢帶，她害怕蘇大傳會……」

他放緩腳步，繼續想：他又想到後來在「億載金城」的城拱上，她又要求他替她將手鍊帶起來的情形。

「這就是女人的善變！她一定是以為蘇大傳不會回來了，所以……」他痛惡地詛咒道：「她多無情呀！我為什麼會連一點點都看不出來呢？而且，還要愛上她呢？」

他愈想愈覺得林秋子這種作為是一種絕對不可饒恕的罪惡了。

「我馬上去質問她！」

他帶著那種希望立刻能夠發洩的忿懣，急急向林家走去……

三十五

晚飯過後，林秋子仍然極感興趣的坐在樓下客堂裏，靜聽著她的父親敘述關於蘇大傳脫險歸來的經過。這位老船主顯然是破例的多喝了兩杯酒，而且，從他的神態和聲調上，都能覺察得到，他的心情是充滿愉悅的。雖然直至這個時候，他還沒有看見蘇大傳，但他已經從外面聽到整個動人的故事。從吃晚飯的時候開始，他便向自己的女兒述說著——就如同這事情是由他親身經歷的一樣。他說當時的風浪很大，引擎發生故障，當他（指蘇大傳）在機器室裏摸索著修理引擎時，許德仔忽然被大浪從甲板上捲進海裏去——他聽到他那慘厲的叫聲，馬上又寂然了。後來，他曾經隱隱的聽見謝阿保他們的喊叫，但，在這沉黑而風浪險惡的海上，他無法讓「順源號」知道他的船的方位；於是「金發號」隨著海峽颳過來的西北風，開始向東南角巴士海峽那個方向漂流了。直至第三天，蘇大傳才被一條大貨船救起來——「金發號」已經完了。把他帶到菲律賓；等到身體漸漸復元，和得到當地華僑團體的幫助，才被釋放回來。

「說起來，別人也不肯相信呀，」林金水結束他的話：「但，事實的確是這樣！」

「可不是，我從來沒聽到過安平這種小船會漂這麼遠的。」

林金水望望自己的女兒，有意味地說：

「人家都說大傳這小子有後福呀！」

「他是個好人，好人總應該有福的。」

「嗯，我也這樣說。」父親微微的笑了。他自語道：「他到這個時候還不來看我，大概是因為丟了『金發號』覺得不好意思吧！」

「你準備將『金福號』交給他嗎？」女兒問。

「暫時是不可能，翁有食的合同還有好幾個月，而且，人家都已經租用了七八年，我總不好意思說收回就收回吧。」林金水繼續說：「聽說，楊天來要把剛下水的新船給他，這樣也好！免得他閒著！」說著，他又望望林秋子。「我想最近向妳外公訂一條新船。」

林秋子平淡地笑笑，並不表示意見。忽然，她發覺老乳母站在門口背後向她使眼色，她便藉故離開飯桌走出門外去。

在黑暗的院門口，秦宇一把捉住她的手，兇惡地說：

「我問妳，妳為什麼不將大傳和妳的事情告訴我？」

她發覺他的手冰冷，而且在顫抖。

「你怎麼啦？」她關切地問。

「我要妳回答我的話！」

「你說我和大傳的事情是什麼意思呢？」

他忿忿地甩開她的手。叫道：

「妳想狡賴啊！」

「狡賴？」她昏亂地重複著。

「妳還記得我送給妳的那條手鍊嗎？」他問。

「我當然記得。」她慢慢的回答。

「那麼大傳送給妳的呢——還有兩段花布？」

「哦……」林秋子低喊起來：「你以為我和大傳……」

他急急的截住她的話：

「妳要知道，大傳是我的好朋友，妳這樣做，是不應該的啊——妳叫我怎麼樣向他解釋呢？他會相信我對於你們的事，事前毫不知情嗎？」

她極力抑制著自己，問道：

「這種話是誰告訴你的？」

「你一定要知道是誰？」

「我想這是我應該知道的吧！」

秦宇想了想，決然地說：

「好！妳進來吧！」

林秋子不解地跟著他走進院門，當她借著屋子裏透露出來的燈光，發現秦宇衣襟和手背上的血漬，那已經青腫的眼睛和嘴角，以及他那凝著悲痛的目光，她止不住痙攣起來。

「現在妳總該滿意了吧？」他生硬地說。

她不響，驀然，她帶著哭聲撲過去緊緊的擁抱著他。

「啊……」她將頭貼在他的胸前，用一種哽咽而窒悶的聲音說：「是他？他怎麼可以這樣對待你？」

秦宇捏著她的雙臂，用力將她推離自己的身體。

「我真後悔我在這幾個月裏所做的事！現在他回來了，一切都可以作個結束了！」

「你不給我一個辯白的機會？」她絕望地問。

「我看，可以不必了！」秦宇堅決而誠摯的說：「但，我會永遠感激妳的。」

林秋子悽痛地用手蒙著臉，急急的返身向屋子裏奔。

林金水從他們走進院子開始，他便站在門前現在所站立的地方了。現在，他望著女兒走進屋子，然後他再回頭向仍站著不動的秦宇望望。在秦宇離開之前，他們始終沒說過一句話。

三十六

由於這個驟變，事情已經發展到令人難堪的境地了。每一個安平人，都靜靜的注視於這件事，但，不再加以任何批評；彷彿大傳回來之後，他們便沒有理由再去干涉這件事情似的。

記得是事情發生後的第二天，林秋子曾經找蘇大傳作一次秘密的，心平氣和的談判。她明白的向他表示——從幼小的時候開始，她便喜歡和他接近——這裏面包含著一種奇妙的心理，但，這種喜歡和愛情是有所區分的；她承認他是一個好人，是一個有丈夫氣概的男人，他會是一個能夠使他的妻子幸福的丈夫；可是，她承認自己從來沒有這樣想過。

「而且，」她沉靜地注視著蘇大傳，問：「你也從來沒有向我表示過什麼呀？」

蘇大傳說不出話，談話就這樣結束了。於是林秋子向她的父親提議，讓她到外公家去住一些時候。

應該說是從這一天開始，蘇大傳便將自己整個的沉溺在放蕩的生活裏；他幾乎難得清醒過，為了發洩內心的積鬱——可以說是某一方面的自卑吧，他沉迷於酒色之中。同時，他變得愈加暴燥和乖戾。當他從楊天來手上將剛下水的「天泰號」接過來之後，短短的半個月裏，他一連打跑七八個助手；而他自己，則時常酒醉在家裏，讓他的船整整幾天閒擱在碼頭上，直至他的袋子裏空了，才提起精神出一次漁……

安平人對他的態度，也開始由敬慕而變為痛惜和畏懼了。有時，他們也會憎恨他；但這種憎恨是含有善意的，並不是像他們對於秦宇那樣，因為他們將蘇大傳的墮落，完全歸咎於他。

「沒有他，絕對不會有這種事的！」

至於秦宇，他經過一段紛擾不安的日子，那充溢於他內心的痛苦和激動漸漸的平伏下來了。他漠然於周圍的人對他的侮蔑，他極力要求自己忘掉那件痛心的事——這是十分困難的，因為林秋子對於他的情愛上說，幾乎找不到任何一點可指責的地方，所以他永遠感到一種愧疚；他曾經後悔那個晚上拒絕聽她的表白，但又覺得事實　在，自己這種「急流勇退」的作為，是足以安慰自己的孤寂的。在另一方面，不可隱瞞的，他承認自己仍然是那麼狂熱地愛戀著林秋子，正如他仍然企求重新得到蘇大傳的友誼一樣。因此，他時時刻刻在期待著——幻想著一個新的轉機，能夠將他們（包括林秋子和蘇大傳）從這種難堪的處境中解救出來，回復以前那種平和美好的生活。

所以，當他發覺蘇大傳開始陷進他自己所挖掘的深坑裏時，他感受到雙倍的痛苦，如同那些預知災禍的人所感受到的一樣。他認為這是一種責任，他的自責使他不得不將它肩負起來。

現在——六月的末梢，機會終於來了。

由於蘇大傳的粗心，他將「天泰號」的船頭，對著碼頭撞壞了。本來就對於這位船長深表不滿的楊天來總算是找到了藉口，將船送入塢之後，便正式將船收了回來。

安平沒有哪個船主敢再將船租給他；那些沒有幫手的船長們，當然更沒有那種膽量去請他來幫忙了。

蘇大傳閒蕩了幾天，便在安平失蹤了。

大概是失蹤後的第三天，秦宇在臺南一家下等的酒家裏找到了他。他頭髮蓬亂地用肘拐在桌子上支著頭，面向著骯髒的板墻。他顯然是陷在沉思裏，因此秦宇在他的身邊坐下來好些時候，他一點也不知覺。

「大傳，」秦宇親切而熱望地喊道。

蘇大傳突然驚覺地抬起頭，霎時間，他臉上充滿了憤怒。

「滾開！」他狂暴地用手掃開桌上的酒杯，叫道。

「我要和你談談。」秦宇安靜地說。

「我叫你滾開！」

「大傳，你聽我說……」

「你不怕挨揍嗎？」他威嚇地問。

「我知道你不會的。」

蘇大傳霍然站起來，一把揪著秦宇的衣襟，但，他隨即逃開對方那種深沉而鎮定的凝視，然鬆開手。

他重又跌坐下來，瘖啞地懇求道：

「你走開吧！你一定要讓我發狂嗎？」

秦宇注視著他的朋友，眼睛裏有一種悲憫的光澤在閃耀著，停了停，他深摯地說：

「我不想作任何解釋，我只要你原諒我——如果你認為我做錯了什麼的話！」

「……」

「到我的船上來吧，讓我們再回到一起！」

蘇大傳緊皺著眉頭，鄙夷地問：

「你拿你的船向我示威嗎？」

「千萬別誤會我的意思，」秦宇急忙分辯：「我問你——難道你願意被人看你的笑話？」

「你？」他不快活地問：「誰在笑話我？」

「全安平的人！尤其是海頭那些沒出息的小子！」

「……」

「他們會以為你在安平活不下去了……」

「我活不下去了？」蘇大傳激惱地吼起來。

「所以你要回去活給他們看呀！」秦宇鼓勵地說：「你記得嗎，『金發號』永遠是走在他們前面的！」

蘇大傳被這個新的念頭撼動了，當秦宇站起來要走的時候，他堅決地，以一種輕蔑的聲音宣示著：

「我蘇大傳會活給他們看的！不過，你別作夢！我不會到你這倒霉的船上去的！」

三十七

蘇大傳是悄悄回到安平來的，顯然是要「活給安平的人看」，他並不到任何一條船上去；那天下午，有人看見他在海水浴場那邊的淺水灘上推「魚仔兜」，而且是已經推了一整天了。

「大概口袋裏又光了吧！」聽的人搖頭太息著說。

「人窮志短呀！」另一個人冷漠地接嘴道：「在以前，就算每條魚苗賣十塊錢，他也不見得會看在眼裏的！」

「誰也不會想到他會變成這樣！」

於是他們又開始談論到外公家去住的林秋子，和那個「不敢再去找她」的「外省小子」——總之，他們認為這三個人的賬很難算，關係太複雜太微妙。

這樣又過了幾天，蘇大傳每天一大早便到海邊去，在太陽底下網魚苗，直至傍晚時候，才扛著魚仔兜和盛魚苗的木桶回來。

這天他才走進屋子，他那已經能夠用緩滯的動作走動的母親關切地問：「今天兜到多少？」

「有好幾百條吧。」他微笑著回答。

「這幾天你已經夠累的了，明天歇一天吧——整天在太陽底下晒，要晒出毛病的，這種頭路不能跟船上比呀！」

「我不會永遠幹這個的，」他低聲說：「只要再苦幾天，魚仔碰到好價錢，我就可以買條竹筏，備一副網了！」

他的母親不以為然地喊起來：「你要撐竹筏？」

「為什麼我不可以？」他大聲反問：「妳要我去替別人幫工，看別人的臉色嗎？」

「……」

看見母親臉上露出痛苦的神情，於是他愧疚地解釋道：

「現在竹筏上可以改裝機器的，等到我再苦出一臺引擎，我就可以跟他們一樣了——永遠租人家的船用，也不是辦法呀！」

她了解兒子的心情，所以她不再問下去。吃晚飯的時候，她從竹櫥裏拿出一隻瓶子，小心的替他斟了一杯酒。

「我看，你好幾天沒有喝了吧？」他生澀地笑笑，把杯子端起來。

「妳給我買的？」他問。

「是那個老秦送來給你喝的。」

「哦……」他重重的將杯子放下來。「妳為什麼要收他的東西呢？」

她緩緩的放下筷子，注視著他，用一種生氣的聲調呵責道：

「這是你該說的話嗎？這幾個月是誰在照顧我呀——還不是只有他和漁會的老謝！」說著，老婦人傷心的哽咽起來。頓了頓，她繼續喃喃的說：

「這次你回來，做了什麼事，我全知道！只是我不願意跟你提就是了——秋子的事……」

「阿母！」他阻止她說下去。

「你如果不願意聽的話，你可以去喝你的酒去！」

「……」

「我當然希望你能夠討她——你老父沒有去的時候，就時常這樣說的！」她嚴肅地說：

「可是，現在我們得先量量自己呀！我怕金水會……」

「我知道！」

「知道就最好——我們家也只有你一個啊！而且……」母親深慮地注視著兒子的臉，嗄聲說：「秋子的命根薄，她不會有兒子的！」

蘇大傳沉鬱地放下飯碗，驀地站起來。

「我的事，我自己會處理的！」他低促地說，然後匆匆的走出屋子。

在妙壽宮前面的攤棚裏悶頭悶腦的坐下來，要了一瓶酒。當他將酒杯斟滿，端起來，正要一口把它喝下去的時候，他忽然又心灰意冷的放下杯子。

「你在存心讓他們笑你啊！」他向自己斥責道。

於是他將幾塊錢丟在桌子上，堅決的站起來。

三十八

日子緩緩的過去，安平的淡季又來了……

在整個六月裏面，由南太平洋比基尼島美國試驗氫彈而起的「原子魚」風波，震撼著全島的每一個漁港，這兒當然也免不了蒙受重大的損失。所以今年比往年更早一點，漁船都紛紛上塢了。在這場可怕的風暴中，指導員謝從敏盡了最大的力量，著文力闢謠言，報導漁民的疾苦。同時，他還得分出一部份時間，慰勉他這位陷於愛情的苦惱中的朋友。他了解秦宇內心的矛盾，以及他那進退維谷的處境，因此關於如何解決這件頭痛的事情，他極其尊重他的意見，因為他絕對信任這位「大宇號」的船長，他知道他不會做出任何一件悖理的事情來的。

至於他——秦宇，他一直在難以自解的痛苦中掙扎著。雖然他能夠因蘇大傳的自覺，而獲得些兒慰藉，但，對於林秋子這方面，他愈來愈失去控制自己的力量了；他漸漸發現，在愛情上，自己並不是一個堅強的人；儘管他曾經如何假定自己是冷酷的，以此作為掩飾。現在，當他覺察到自己心中那種神秘的什麼，逐漸從這種淒苦的孤寂中滋長起來，使他不得不承認自己是多麼渴望她的愛情時，他驟然惶惑起來。

他想：假使自己不馬上逐開這個念頭，他一定會為它而瘋狂的。所以，他將他們三個人相互間的關係利害，細細的加以分析和衡量，然後再從其中選擇一條合理的途徑；雖然他也知道，這是並不十分公平的，但，除此之外，他實在再也想不出更好的辦法了。

就在他茫然無所適從的時候，補充兵入伍的徵集令來了。他忽然覺得，這是一個解脫的好機會，因為當四個月訓練完畢之後，也許一切都改變了──而且，這是必需要改變的。

他並沒有將這件事告訴謝從敏，或者任何一個人。他只是偷偷的籌劃著，由於徵集的時間還有三天，所以他從容不迫的安排著那些在入營前需要清理的事。在動身的前一天晚上，他給林秋子寫了一封情詞懇切的信：在信中，他說永遠感謝她所賜予的那一份深摯的情愛，然後他解釋自己這樣做的原因，同時還希望能得到她的饒恕；信末，他要求她替他將「大宇號」交給蘇大傳──要不然，蘇大傳是絕對不肯接受的。

「我不能將它視為己有，」他這樣寫：「它是屬於我們的，它象徵著純真的愛情和友誼。」最後，他的署名是：「永遠是愛妳的秦宇」。

他重讀一遍，然後連同「大宇號」所有的證件放進一隻大信封裏，準備明晨趕返臺北去集合出發之前，送到她的家去。接著，他又分別寫了兩封信給李靖仁和謝從敏，說明不預先告訴他們的原因。

這天晚上，他單獨的在月色下，沿著河岸漫步。驀然百感交集，於是他又急急的離開那個地方，回到住處去。

謝從敏又慌忙的將一疊稿紙鎖進抽屜裏。

「又是一個新的秘密？」他笑著問。當這位謙遜的指導員答話時，他急急的替他接下去：

「——你以後會知道的！」

謝從敏笑了。他重複著說：

「是的，你以後會知道的。」

「這次連一點都不肯透露嗎？」

「……」

「不會是散文——因為你已經寫了不少時候了！」秦宇要求道：「說出來吧！讓我也分嚐一點你的快樂！」

「你不會笑我？」

「又是老毛病！」

「是，是一篇小說，」指導員紅著臉說：「我在學寫，我從來沒有這種勇氣寫那麼長的東西，而且……」

「快寫完了吧？」

「嗯，在等一個結尾！」

秦宇默默的在心裏重複唸著這句話，然後抬起頭，有意味地笑著問：

「這個結尾是大團圓的，還是那種悲劇性的？」

「我還不知道怎麼寫才好，」謝從敏認真地回答：「你知道我這個人的心腸——我總希望他們有個好結果，可是，我又害怕寫那種庸俗的，千篇一律的大團圓收場！你沒進來之前，我真的想到要請教請教你呢！」

「請教我？別開我的玩笑了吧！」秦宇苦澀地笑著說：「如果我懂得這個，我就不會……」

於是，謝從敏隨即將話題引開了。後來他們談得很夜，才熄燈睡覺。但，秦宇始終無法入睡；那些並不連貫的，紊亂而片斷的思想，在他的腦子裏旋轉著……

在天色微明的時候，他便悄悄的起床了。害怕會將謝從敏鬧醒，他沒有洗漱，便揹起那隻早已準備好的旅行袋，躡手躡足的走出來。臨行前，他將那封信放在他的枕邊。

接著他又轉到李家和林家去。在林家的院門外，他想了好一陣才決定將那封信完全插入門縫內，使它掛在一個顯著的地方，好讓開門的人發現。

然後，他順著公路向微微發亮的臺南走去。在經過永吉船塢的時候，他忽然想到要進去看看自己的船。進船塢去之後，他在「大宇號」的周圍留連了一些時候。當他正要返身時，背後有人大聲喊起來：

「喂！」

他連忙回身向發出聲音的那個方向望去。

「啊！蔡老怕，你——你早呀！」

「早！」老塢主向他走過來，問道：「這麼早來這裏，要想偷東西嗎？」

「我走過這裏，順便進來……」

老塢主望望那隻掛在他右肩上的旅行袋。

「你要到哪裏去？」他皺皺眉頭。

「——你不要瞞我啊！你看你這副賊頭賊腦的樣子！」

秦宇猶豫片刻，覺得沒有瞞他的必要，於是老實地回答：

「今天是補充兵入營呀！」

「哦！他們怎麼不來送你？」

「沒有人知道。」

「沒有人知道？連一個人都不知道？」

「嗯。」他說：「知道了大家都麻煩，又是送旗子，又是請客——浪費錢呀！」

蔡老頭子咂咂嘴，又問：

「受訓完了，你還回來嗎？」

「當然，四個月很快就過去啦！」

「那麼你的船……」

「哦，那——我已經，呃……」他吶吶地說，然後故意看了看錶。「我怕趕不及了！在臺南我還要辦一點事！」

「好！滾你的吧！」蔡添丁生氣地揮揮手，再補充一句：「有什麼事不妨寫信告訴我啊！」

「一定的，我會寫的！」秦宇含糊地應著，急急的回身走了。

蔡添丁望著他的背影，想了想，他忽然打定了主意，用他那細碎而匆忙的腳步向安平走去……

「事情一定不會這麼簡單的！」他邊走邊咕嚕著。

三十九

八九點鐘的光景，臺南火車站前面的廣場上，已經被那些歡送補充兵入營的隊伍和人羣塞滿了：那些披紅掛綠的壯丁們，被他們那些興高采烈的親友們簇擁著，在那些租來的卡車上、轎車和三輪車上；有些甚至被扛在肩上，從四方八面彙集到這兒來；到處都是一簇簇的，上面寫著「為國爭光」等字樣的紅旗子；鞭炮聲此起彼伏，從沒有間斷過，其中還夾雜著三個人組成的樂隊的吹奏；那些裝置在轎車車頭的大播音器突然發出一聲刺耳的尖叫，接著，那種喧嘈而節奏單調的臺灣流行歌曲便從那個圓孔裏面流瀉出來，將那些正唱得起勁的軍歌淹沒了……

秦宇孤孤單單的站在車站的臺階上，背靠著水磨石建造的大方柱。他站著，注視著這騷動而癲狂的人潮，沉浸在內心一種淡淡的，淒涼的況味裏。

像是這些都是和他隔絕似的，他忽然記起，在十個月以前的那個早上，他走出車站時的情景……

「這簡直是不可能的事情呢！」他淒苦地笑笑。因為，現在他已經是一個標準的，有漁船的漁民了。

「而且，」他自嘲地唸道：「是一個失戀的人！」

忽然，他被離他不遠的一對青年男女所吸引了：那男的是壯丁，激動而又有點悽然地笑著，低聲對那女的說著話；她低著頭，不斷故意的用手去將他胸前的紅緞帶拉拉整齊……

「如果我和秋子的事情不是──的話，」一個奇怪的念頭使他悔恨地扭開頭，詛咒起來：「你又在胡思亂想了──這是需要改變的，四個月並不是一個太短的時間呢！」

於是他開始計算：回來的時候，正好趕上烏魚汛……

直至那些穿制服的國民兵隊的隊員們在大聲嚷叫，他才緩緩的走下臺階，向自己的一區走過去。

他被一個隊員推開。

「歡送的人請站到外面去！」那個人說。

他不響，然向那些已集合在一起的壯丁們站過來。

「請幫幫忙呀！」那個人有點不耐地喊道：「火車馬上就要到啦！」「可是，同志，我是這一區的壯丁呀！」

「哦——對不起，請站到排頭去吧！」說著，他向前面走過去，又回頭望了他一眼。最後，隊伍總算是集合好了，經過簡單而隆重的歡送儀式，壯丁們開始踏著那有意將它踏得更響一點，而又極不整齊的步伐，魚貫地走進月臺……

專車終於在這不安的等待中進站，而在月臺上停下來了。

經過一陣忙亂，壯丁們被分派到各個車廂上去。月臺上又騷動起來，那些送行的人發狂地搖著布旗，喊著，點放著鞭炮……

這場劇烈的囂鬧漸漸平靜下來，列車開始緩緩的向前蠕動……

突然，一個新的騷動從月臺外面震顫過來了，月臺上的人連忙回轉頭，當他們明白是怎麼一回事之後，馬上分開一條路，讓這個新的歡送隊伍衝進來……

秦宇和車上的同伴一樣，困惑地探頭到車窗外面去。

「噢！」他止不住發狂的叫起來，他混身顫慄在這股突如其來的激情中。

他看見——這是千真萬確的——他們：林金水和他的女兒走在當中，旁邊是謝從敏和蘇大傳，蔡老頭子落在後面了，李靖仁在扶著他；還有，葉龜年，漁會裏的人，和好幾十個手持著旗子的安平漁夫；他們跟著這逐漸在加快的列車奔跑，大聲叫著，像是非常認真的要告訴他一件事情，但，月臺上的聲音實在太嘈雜了，以致秦宇連一點都聽不見，不過，他能夠從他們的神情中看出來，十分明顯的看出來。

現在，他們漸漸落到後面去了。秦宇幾乎將整個身體伸到車窗外面去——那些熱心的同伴們拉著他的腳和腰帶，保護著他。他搖著手，發狂地喊叫著。最後，他看見林秋子將一些什麼，由一位站警代他遞給後面車廂的人，然後示意地向他打著手勢……

半分鐘之後，月臺完全在列車後面消失了，他才將身體從窗外縮回來，昏亂地倒坐在原來的坐位上。驀然，他想起林秋子交給後面車廂的東西，於是他又慌忙地站起來，要到後面的車廂去。

就在這個時候，一個滿臉笑容的小伙子走進車門的過道了，他將一張紙條舉起來，用一種奇怪的聲音叫著：

「這是誰的，剛才一個小姑娘……」

秦宇向他擠過去，急急的從他的手上搶過來。他聽見那個人在他的身後說：

「真有意思！」

重新坐下來，他讓自己的情緒完全平伏之後，才偷偷的打開那張紙條，可是，那上面連一個字都沒有，他反過來覆過去的檢查了幾遍。

「這一定是那小子的惡作劇！」他只是這麼想，隨即微笑起來。他知道這張紙條是林秋子從那本放在小手袋裏的小記事冊上撕下來的——他在臺南那家日本料理店裏看見過。至於上面沒有字，他似乎想不明白，但又像是已經完全了解似的。

「我一定要好好的將它保存起來！」他笑著向自己說。

「是情書嗎？」對座的同伴問。

「嗯，是……是的！」他羞怯地回答。

扭開頭，他望著窗外那浴著陽光的，肥沃而葱綠的田野，農舍，以及沉靜的遠山，心中有說不出的感動。

「多美麗呀！」他讚美地唸著。

四十

在歡愉中，四個月會很快過去的。

接著，安平的烏魚汛又要來了⋯

民國四十三年十月完稿於臺北市

民國六十七年六月廿六日重改於韓國慶州佛國寺

潘壘全集04　PG1162

新銳文創
INDEPENDENT & UNIQUE

安平港

作　　者　　潘　壘
責任編輯　　鄭伊庭
圖文排版　　詹凱倫
封面設計　　蔡瑋筠

出版策劃　　新銳文創
製作發行　　秀威資訊科技股份有限公司
　　　　　　114 台北市內湖區瑞光路76巷65號1樓
　　　　　　電話：+886-2-2796-3638　傳真：+886-2-2796-1377
　　　　　　服務信箱：service@showwe.com.tw
　　　　　　http://www.showwe.com.tw
郵政劃撥　　19563868　戶名：秀威資訊科技股份有限公司
展售門市　　國家書店【松江門市】
　　　　　　104 台北市中山區松江路209號1樓
　　　　　　電話：+886-2-2518-0207　傳真：+886-2-2518-0778
網路訂購　　秀威網路書店：http://www.bodbooks.com.tw
　　　　　　國家網路書店：http://www.govbooks.com.tw
法律顧問　　毛國樑　律師
圖書經銷　　貿騰發賣股份有限公司
　　　　　　235 新北市中和區中正路880號14樓
　　　　　　電話：+886-2-8227-5988　傳真：+886-2-8227-5989

出版日期　　2014年11月　BOD一版
定　　價　　300元

國家圖書館出版品預行編目

安平港 / 潘壘著. -- 一版. -- 臺北市 : 新銳文
創, 2014.11
面 ;　公分. -- (潘壘全集 ; PG1162)
BOD版
ISBN 978-986-5716-15-8 (平裝)

857.7　　　　103009445

讀者回函卡

感謝您購買本書，為提升服務品質，請填妥以下資料，將讀者回函卡直接寄回或傳真本公司，收到您的寶貴意見後，我們會收藏記錄及檢討，謝謝！

如您需要了解本公司最新出版書目、購書優惠或企劃活動，歡迎您上網查詢或下載相關資料：http:// www.showwe.com.tw

您購買的書名：________________________________

出生日期：________年________月________日

學歷：□高中（含）以下　□大專　□研究所（含）以上

職業：□製造業　□金融業　□資訊業　□軍警　□傳播業　□自由業

□服務業　□公務員　□教職　□學生　□家管　□其它____

購書地點：□網路書店　□實體書店　□書展　□郵購　□贈閱　□其他

您從何得知本書的消息？

□網路書店　□實體書店　□網路搜尋　□電子報　□書訊　□雜誌

□傳播媒體　□親友推薦　□網站推薦　□部落格　□其他________

您對本書的評價：（請填代號　1.非常滿意　2.滿意　3.尚可　4.再改進）

封面設計____　版面編排____　內容____　文／譯筆____　價格____

讀完書後您覺得：

□很有收穫　□有收穫　□收穫不多　□沒收穫

對我們的建議：________________________________

____

____

____

請貼
郵票

11466
台北市內湖區瑞光路 76 巷 65 號 1 樓

秀威資訊科技股份有限公司　　收

BOD 數位出版事業部

....

（請沿線對折寄回，謝謝！）

姓　　名：＿＿＿＿＿＿＿＿＿＿　年齡：＿＿＿＿　性別：□女　□男

郵遞區號：□□□□□

地　　址：＿＿＿＿＿＿＿＿＿＿＿＿＿＿＿＿＿＿＿＿＿＿＿＿＿＿

聯絡電話：(日)＿＿＿＿＿＿＿＿＿＿＿＿(夜)＿＿＿＿＿＿＿＿＿＿＿＿

E-mail：＿＿＿＿＿＿＿＿＿＿＿＿＿＿＿＿＿＿＿＿＿＿＿＿＿＿